炎《ほむら》が奔《はし》る

吉来駿作

幻冬舎時代小説文庫

炎《ほむら》が奔《はし》る

目次

主な登場人物

《古河方》

俵藤藤太《ひょうどうとうた》
火男と呼ばれる、ひょっとこに似た醜い大男。古河城に入り、御坂小五郎たちと共に、幕府方に火の戦を仕掛ける

御坂小五郎《みさかこごろう》
矢部大炊助義基の家来

青田七郎太《あおたしちろうた》
御坂小五郎の同輩

伽那《かな》
古河城の姫。矢部大炊助義基の側女の連れ子

矢部大炊助義基《やべおおいのすけよしもと》
古河城に五十名の家来を引き連れて入城し、野田安重と共に、幕府に対し乱を起こした

野田《のだ》右馬允《うまのじょう》　安重《やすしげ》

古河城城主

山崎三郎義正《やまざきさぶろうよしまさ》

長い牢人暮らしの果てに古河城に辿り着いた武士。自慢は弓術

遠見《とおみ》の治助《じすけ》

古河城に籠もった野伏の一人。冷酷な男。二十名ほどの家来を従えている

《鎌倉方》

上杉右馬助憲信《うえすぎうまのすけのりのぶ》

関東鎮圧の、十万の軍の総大将。憲信の、鬼の角と呼ばれる兜を皆が怖れている

和田又太郎鯛玄《わだまたたろうたいげん》

上杉憲信の家来

壱　ひょっとこ

永享《えいきょう》十三年（一四四一）は、二月十七日に終わる。

その日の午後、雲ひとつない空に雷が鳴った。女が思わず目を閉じたので、馬乗りになって女を押さえ込んでいた髭面《ひげづら》の武士は、空を見上げた。

「雷様か」

髭面には二人の仲間がいる。馬のような長い顔をした男と、衝立のように大きな耳を持った男だった。その二人の武士もまた、怪訝《けげん》そうな表情を空に向けた。

二月の下総《しもうさ》は空が抜けるように青く、二十日も雨が落ちてこないことが珍しくない。三人はしばらく空を見上げていたが、雲が湧き出す気配もなければ雨が降り出しそうにもなかった。

「音だけかい」

女に跨《また》った髭面は、すでに甲冑《かっちゅう》と綿入れの着物を脱ぎ捨てている。刀も、離れた草むらに放り出してあった。尻を丸出しにした格好で女の胸にしゃぶりついていた。

「風が乾いている。鎌倉《かまくら》とは大分違う。肌が乾いて、身体《からだ》のあちこちが痒《かゆ》くてたまらぬ」

大耳は、先ほどから臑《すね》を剝《む》き出しにして搔《か》き毟《むし》っている。

もう一人の馬面は、弓を手にしたまま周囲を眺めた。大地は盆を伏せたようにどこまでも平らかで、景色もまた鎌倉とは違っている。北西から吹いてくる風は乾いているだけでなく、肌に突き刺さるほどに冷たい。その風が吹いてくる先に細い道が延びていた。

その道の向こうに男が現れた。

「おい。男が来るぞ」

馬面は、女に跨っている髭面の尻を蹴った。

「武士か?」

面倒そうに顔を上げた髭面は、細めた目で道の先を見た。

歩いてくる男は、真っ赤な着物を身体に巻きつけていた。その赤が青い空を背景に、ひどく目立つ。一頭の馬を引き、その馬の背に大きな荷が振り分けに載せてあった。馬の吐く息が白い。馬体からは湯気が立っていた。

「町人には見えぬな。武士だろう。殺せ」

ことなもげに言うと、髭面は女の胸に顔を埋めた。

女は裸にされ、両手両足を四方の木々に縛られて大の字に固定されている。固く目を閉じていた。馬を引いてきた男は三人の近くまで来ると足を止めて、無惨に裸体をさらけ出している女に顔を向けた。

奇妙な顔だった。

面長の顔に両端がひどく垂れた眉と目が並んでいる。長い鼻筋が残念なことに途中で右に折れている。その下にある口も、鼻に引っ張られたように右側を持ち上げて斜めに付いていた。祭りのときに滑稽な踊りを舞うひょっとこに似ている。

そのひょっとこは、踝《くるぶし》まで隠れる長い褞袍《どてら》を着込んでいた。緋色《ひいろ》の厚い生地に黄や青の糸で刺し子を施してある。滑稽な顔にふさわしい傾《かぶ》いた着物だった。歳《とし》は二十代後半くらいか。

「おい、ひょっとこが現れたわい」

馬面と大耳の二人は、弾けるような笑い声を上げた。笑いながら、馬面は弓に矢を番《つが》えたが、笑って射たために狙いが狂った。矢は、男のそばの楠《くすのき》の幹に突き刺さった。矢が外れたことすらも可笑《おか》しくて、馬面はさらに笑った。

目の前の幹に矢が突き刺さっても、男は表情を変えなかった。馬の手綱《たづな》を楠の枝に巻きつけてから、ゆっくりと武士たちに近づく。背は六尺ほどもあり、武士たちよりも頭ひとつ高かった。肩幅も広く胸板も厚いが、その顔が全てを台無しにしている。

二人の笑い声に、女の胸を嬲《なぶ》っていた髭面が顔を上げた。どうしたんだ、と言おうとしたが、男の顔を見た途端に黄色い歯を剝いた。髭面の笑い声を聞いて、女が目を開いた。女は笑わなかった。その頬が濡《ぬ》れている。

「生きたひょっとこに会えるとは、世の中は広いのう」

腹を震わせながら、馬面は二の矢を番えた。

ひょっとこは、じっと馬面を眺めている。無表情に自分を笑う男たちを見ていたが、すっと右手を持ち上げた。その右手を額に当てると、顎《あご》の下まで己《おのれ》の顔を撫《な》で下ろす。男の顔が墨を塗ったように黒く染まった。

「笑われて顔を隠したわ」

馬面と大耳は、見せ物小屋を覗《のぞ》き込んでいるようにはしゃいだ。手を叩いて喜んでいる二人を、男は闇のように黒い顔で見つめた。黒く塗りつぶした顔は、二つの目だけが青白く光っている。

「黒く塗っても、ひょっとこはひょっとこだ。その顔で閻魔《えんま》様を笑わしてこい」

馬面は、矢を放った。

男が鬼のように反応した。褞袍の袖を風を巻くように大きく振る。と同時に地に伏せた。ふわりと広がった褞袍に矢が当たった。

馬面の笑い声が消えた。口を大きく開いたまま、馬面は身を伏せた男を見ている。男の褞袍に当たった矢は、突き刺さらずに宙に跳ねていた。

地に伏した男は、地面に転がしてあった髭面の刀をつかむと、そのまま馬面に向かって飛んだ。目の前にひょっとこが迫ってきたのを見て、馬面は慌てて次の矢をつかもうとするが、弓を構えた時には長い顔が胴から離れていた。

ように、男の刀が馬面の首を刎《は》ね飛ばしている。

笑い声を悲鳴に変えながら、大耳は刀を抜いた。刃渡り一尺七寸の細身の刀だ。

南北に分かれた朝廷がまとまった頃から流行《はや》りだした刀である。髭面も、己の刀を盗《と》られたと知ると、女から離れてひょっとことの距離を空けた。

「我らは鎌倉管領上杉兵庫頭清方《かんれいうえすぎひょうごのかみきよかた》の家来」髭面が、どこぞの何某《なにがし》と名乗った。

「鎌倉か」

男が声を発した。

「鎌倉の者なら、これをやろう」

男は褞袍の袖から小さな玉を取り出した。玉は片方の手のひらに丁度良く収まるほどの大きさで瀬戸物でできている。急須から注《つ》ぎ口と取っ手を無くしたような形をしていた。

それを武士たちに放つと、玉は髭面と大耳の間の地べたに転がった。投げた男は、くるりと二人に背を向けると褞袍の両袖を蝶《ちょう》の羽のように広げて女の身体に覆い被《かぶ》さった。

髭面と大耳の間を、ころころと玉が転がっていく。二人はつい目で追った。

玉が割れた。

雷様が落ちた、と髭面は思った。そう思ったときには、髭面の顔は季節の過ぎた石榴《ざくろ》の実のように赤い中身をさらけ出していた。大耳も顔から胸までを真っ赤に染めて転倒した。

男は、瀬戸物の破片が突き刺さった縕袍の袖を払いながら、女に顔を向けた。女は、黒く塗りつぶされた男の顔を見上げた。顔を黒く染めたものは炭の粉だった。それを額から顎に向かって縦に塗り付けたために、近くから見るとあちこちが斑《まだら》になって涙を流したような筋ができている。

奇妙な顔、と女は思った。

笑いかけているのだろうか。

それとも泣いているのだろうか。

男が現れたときも、自分を犯そうとした武士たちを退治したときにも、地が揺れるような大音が鳴った。女は生まれてこの方、あれほど大きな音を聞いたことがない。

雷様かもしれない。

そう思いながら男を眺めた。男が顔に塗り付けた炭の粉を晒《さらし》の布で拭き取ると、その顔は鼻と口が奇妙なほどに曲がって、確かに滑稽だった。ところが雷様かもしれないと思いながら眺めていると、掻き消すように滑稽さが失せた。だけでなく、ただひとつの目標に向かっていくような一途《いちず》さが男の目に宿っていることにも気づいた。

鎌倉の武士たちは、男の奇妙な顔だけでなく、男が顔を恥じて炭で隠したことをも笑ったが、顔を隠す必要などなかったのだ。あの武士たちのほうがよっぽど恥ずべき顔をしていたのだから。

縛《いまし》めを解いた女の身体に着物を巻きつけると、男は無言で女を背負った。片手で女の身体を支え、もう片方の手で馬の手綱を引いた。

驚いたことに男の縕袍は、真っ赤な麻布の下に細い鎖が密に織り込まれていた。鎖で編まれた縕袍は鎧通《よろいどお》しも通さぬほどに固く、冷たかった。その縕袍の下には、細面で眉毛と目尻の垂れた顔立ちから想像するよりも、はるかに広い肩と背中が隠れていた。金掘りの男たちのように筋肉が盛り上がっている。広い背中に耳を押し付けると男の心の臓の音が聞こえた。遠くで巨大な水車が回り続けているような音だった。力強く、誰にも止めることができない。そんな音だ。梅雨の終わりに聞こえる雷に似ていた。その音を聞きながら、絵物語の中でしか知らなかった雷様に背負われているという怖いような嬉《うれ》しいような不思議な気持ちの中で、女はふわふわとまどろんでいる。

「どっちだ？」

男の声が聞こえた。低く、良く響く声だった。女はその声を、耳を押し当てた男の身体の中から聞いた。男の身体から自分の身体に直接に響いた声が生々しかった。女は身体を震わせた。身体のどこかが溶け合って、つながってしまったような錯覚すら覚えた。

女は顔を上げた。

道が二股に分かれている。白い腕を伸ばして右の道を指さすと、男は無言で歩き出した。

男が女を背負って一里ほども歩いた頃、道の向こうから武士が二人、白い息を吐きながら駆《か》けてきた。

「伽那《かな》様」

男が背負っている女を見るや、二人は刀を抜いた。太刀の刃に刃《は》毀《こぼ》れがある。人か獣かはわからぬが、斬り合いに慣れている。

「おれは矢部《やべ》大炊助《おおいのすけ》義基《よしもと》の家来、御坂《みさか》小五郎《こごろう》」

小太りの武士が怒鳴った。歳は三十代半ば、男よりも十ほど上だが、背は一尺ほど低い。

「お主が拐《かどわ》かそうとしているのは、我が殿の三女、伽那様であらせられる」

男が首を捻《ひね》るようにして背中の女を見た。背負われている伽那は、まつげが触れるほどの間近から黒々とした瞳で見つめ返した。

伽那は、十九歳になっている。すでに若くはないが、ものを覚え始めたばかりの少女のように、じっとひとところを見つめる癖がある。墨を落としたような瞳に見つめられると、慣れているはずの小五郎でさえ、ときに息を呑《の》むような気持ちにさせられることがある。伽那に見つめられて、男が慌てたように見えた。

「小五郎。刀を納めなさい。私を拐かしたのは鎌倉管領の家来たちです。この御人《おひと》は私を助けてくれました」

男に負ぶわれたまま、伽那は小五郎をたしなめた。

「これは御無礼をいたした」

小五郎は、刀を鞘《さや》に納めると男を眺めた。目を吊《つ》り上げていた小五郎の顔が途端に綻《ほころ》んだ。だけでなく、小太りの身体を震わせるようにして笑い出した。

「左様であろう。その顔では悪事はできん。顔を見れば、すぐにわかる。いやあ、無理だ」

語尾が笑い声に呑み込まれた。そういう小五郎を、男は無言で眺めている。

「いや、すまん。口が滑った」

慌てて自分の口を手で覆ったが、それでも堪《こら》えきれずに男に背中を向けた。その背中がまだ笑い続けている。

もう一人の武士は、小五郎の同輩で名を青田七郎太《あおたしちろうた》と言った。小柄で痩せているが、真っ黒に日焼けしていて牛蒡《ごぼう》に似ている。牛蒡も笑った。白い歯を覗かせながら、七郎太は男の背中から伽那を下ろそうとした。

「このまま」

伽那は首を振った。

このまま男に背負われて館に帰りたい、ということらしい。

「お主はどうだ？」

小五郎は笑いを嚙《か》み殺しながら男に聞いた。

伽那を背負ったまま、男は無言で歩き出した。


「小五郎」

男に背負われながら、伽那はそばを歩く家来に声をかけた。

「何でございましょう？」

「この御人は、雷様よ」

小さな声で言ったが、無論、背負っている男にも聞こえている。

「雷様とは？」

小五郎にはわからない。

「鎌倉の家来たちに雷を落としたの」

「それは」

小五郎には信じられない。が、違うとは言えない。伽那は姫君である。

「不思議な話でございますな」

「雷様は凄《すご》く強いの」

「しかし、この者は雷様には見えません」

「あら。じゃあ何に見えるの？」

小五郎は正面から男の顔を見た。答える前に笑い出した。

男の背中に揺られながら、伽那が小五郎を睨《にら》んでいる。

伽那の住む館は、渡良瀬《わたらせ》川からほど近い葛西《かさい》の森のそばにあった。

古河《こが》の城から南へ半里ほど離れている。広い庭があり、母屋の他に五つの棟がある。伽那の実の父親は、伽那が七つのときに死んだ。母親は伽那を連れて矢部義基の側女《そばめ》になったが、伽那が十二のときに亡くなっている。それ以来、伽那は母親が住んでいた矢部義基の別邸に暮らし続けていた。屋敷には、小五郎を含めた義基の家来五人と、下働きをする男女三人が住み込んでいる。

伽那は男の背中から降りると、下女のはるを呼んで、お腹《なか》が空《す》いたと言った。

「雷様も」

一度だけ男を見つめて軽やかに笑うと、伽那は屋敷の奥へ駆け込んでいった。

「ほう、ほう。おれは生きたひょっとこを見ておるわい」

庭にいた警護の武士が男に近づいた。

男は武士の言葉を無視して、伽那の姿が消えた屋敷の奥を見つめている。

「おい、ひょっとこ。馬の手綱は、入り口の外にある鉄輪《かなわ》につなげ」

武士は、笑いながら怒鳴った。

男は、さらに武士を無視した。庭を見回すと屋敷から一番離れた場所に楓《かえで》の木があった。葉は残らず落ちて寒さの中で枝が縮こまっている。その楓まで馬を引いていった男は、そこに手綱をつなぎ止めると、馬の背に載せてきた大きな荷を下ろした。ひとつが米俵《こめだわら》ほどに大きく、荷を担いだ男の足が地面に沈むほどに重い。その荷を、地面が窪《くぼ》んで穴のようになっている場所へ置いた。

「お主、何を運んでいるのだ?」

小五郎が検分するような顔つきで近づいてきた。

男は、無言で小五郎に顔を向けた。小五郎の顔が緩んだ。男の顔を見ると小五郎はどうしても笑い出してしまう。

「砂金でも盗んできたか」

「土だ」

男は答えた。

「土？」

小五郎は信じない。馬に土を積んで旅をする者など聞いたこともない。

男は、荷を下ろすと屋敷に向かった。残った小五郎は、刀を抜いて荷の袋を少しだけ裂いてみると、本当に土が入っていた。

ただ、奇妙なほどに白い。

「雷様は？」

食事を終えて新しい着物に着替えた伽那が、小五郎に聞いた。

「座敷にはおりませぬ」

すると、はるが、台所でございますよ、と言った。

伽那と小五郎が台所を覗き込むと、台所の隅に座り込んだ男が、握り飯を食べていた。見ているこちらの腹まで減ってくるような、忙《せわ》しげな食べ方だった。握り飯を食べ終えた男に、はるが白湯《さゆ》を出す。はるの手が震えているのは笑いを堪えているからだ。男は何も言わずに頭を下げて茶碗《ちゃわん》を受け取ると、白湯を飲んだ。

裏庭に面した座敷に場所を移してから、小五郎は聞いた。

男は顔を上げたが、答えなかった。男の指先が炭で汚れている。その指で茶碗を口に運んだ。

「雷様のお名前は?」

小五郎の代わりに伽那が聞いた。

「おれは、笑われるのが嫌いだ」

男は伽那を見ずに答えた。

「名乗っただけで笑ったりはしないわ。雷様にも名前はあるはずよ」

男は伽那の声に耳を向けているが、視線を合わさなかった。手元の茶碗を眺めていたが、やがて口を開いた。

「俵藤藤太《ひょうどうとうた》だ」

「ひょうどう、とうた」

伽那は、口の中で繰り返した。

「お主、名までひょっとこか」

「お主、名は?」

言葉より先に、小五郎は噴き出していた。名前までひょっとこならば笑いを堪えることもあるまいと思ったのか、遠慮を忘れた笑い声を上げた。

「子供の頃は、俵藤をもじって火男《ひをとこ》と呼ばれた」

「火男とは、ひょっとこのことだろう。みんな、考えることは同じだ」

小五郎は膝を打った。

藤太は、諦めの混じった顔で小五郎を睨んだ。が、その顔にすらおかしみがある。あるどころではない。小五郎は腹を抱えて笑い転げた。しばらくして笑い止《や》んだ小五郎は、すまんと言った。

「ところで俵藤殿は、いずれの御家中か」

藤太は静かに小五郎を見つめている。

「お主、どなたに仕えている？」

藤太の躊躇《ためら》いに不審を覚えながら、小五郎は再度聞いた。

「おれの家は遠い昔に、どこぞで検非違使《けびいし》をしていたそうだ」

「都の者か」

小五郎は、慌てて後退《あとずさ》った。

「とうに捨てられた。今は誰の家来でもない」

というより、と藤太は付け足した。

「都を憎んでいる」

「すると都の敵ということになるな」

「そうだ」

「では、我らに与《くみ》しないか」

小五郎は、後退った分を取り戻すように膝《ひざ》を進めた。


この時代、将軍は京の室町《むろまち》にいる。

京の都から関東は、ひどく遠い。そのために関東を治める公方《くぼう》と補佐役の管領を鎌倉に置いた。ところが、その鎌倉公方でさえ関東を治めるのには手を焼いた。それどころではない。関東全体が熱を持ったように、人々が沸騰していた。

人々の心を沸騰させるものが、ふたつある。

そのひとつは、刀だ。少し前まで御家人と呼ばれる公方様配下の武士だけが手にしていた刀を、今では誰も彼もが持ち歩いている。刀はあるが、それをなだめて鞘に納めておく武士道という規律が、まだない。

言うなれば、「刀という力」が好き勝手に歩き回っている。刀を持つと胸が騒ぐ。人を斬る。それを己の不満のはけ口に使う者もいれば、途方もない夢を持つ者も出る。大小の諍《いさか》いが、至る所でひっきりなしに起きた。

もちろん、誰もが刀に心を奪われるわけではない。そうでない者もいる。彼らは、もうひとつのものである貨幣に心を奪われた。貨幣という経済もまた、関東を沸騰させている。

ときに、刀よりも人を殺した。公方様配下の御家人の中にも貨幣の戦《いくさ》に敗れて土地を手放し、困窮する者が少なくない。それが御家人を高みから引き摺《ず》り下ろすことになった。さらに、刀を手にした野伏《のぶし》や農民が容赦なく御家人を斬る、ということまで起きた。

天下を取ろうとする者から、わずかな銭を奪おうとする者まで、誰も彼もが刀を手にしている。

これより少し前に、足利持氏《あしかがもちうじ》という男が室町の将軍に対して関東で謀反《むほん》を起こし、失敗して死んだ。持氏の遺児春王《はるおう》と安王《やすおう》は、父の仇《かたき》を討つために関東の北にある結《ゆう》城《き》城に籠もり、反乱を起こした。それが飛び火するように、関東のあちこちで反乱が起きている。

古河城もそのひとつだった。野田右馬允安重《のだうまのじょうやすしげ》と矢部大炊助義基は、自らの家来の他、野伏牢人、あるいは山賊強盗を古河城に集めた。その数、三百。彼らは義兵と称し、近隣の民家や商家に押し入っては、籠城するために必要という名目で、米、家財を奪い取った。

両名は、それぞれの思惑を抱え込んだままひとつの城に陣取り、思い思いに略奪を続けていた。ひとつの城に、幾つものケダモノの群れが上下の区別もなく棲みついている。


当然ながら、鎌倉管領がこの反乱を放っておくはずがなかった。

鎌倉管領上杉兵庫頭清方は、すぐさま武蔵国《むさしのくに》守護職上杉右馬助憲信《うまのすけのりのぶ》入道に鎮圧を命じた。憲信は直ちに大軍を引き連れて下総へ向かった。第一の目的は、持氏の遺児が立て籠もる結城城の鎮圧である。他は後回しにして、全軍を結城に向けた。憲信の軍勢は十万騎。いずれも訓練された生粋《きっすい》の武士団である。対する結城城側は、一年の大半を畑仕事で汗を流すような付け焼き刃の武士を集めた二万に過ぎない。反乱は短期間で片が付くと見られていたが、思いの外に長引き、年を越した。

しかし、結城城は落ちる。誰もが、そう考えている。結城が落ちれば、次に憲信が古河城の制圧に向かうのは間違いなかった。今はまだ、鎌倉の斥候《せっこう》が古河城の周りを偵察に現れるだけだが、その時が来れば、十万の大軍が古河城へ攻め掛かってくる。

小五郎が藤太を仲間に引き入れようとするのは、籠城するための兵力が足りないからである。足りないどころではない。古河城に籠もるのは三百に過ぎない。さらにその者たちは、結城と同じで、刀よりも畑仕事で鍬《くわ》をふるうほうが得意な者や、山賊野伏ばかりである。戦にもなるまい。

「おれは逃げるしかないと思うが、殿は籠城すると言い張っている」

小五郎の言葉に藤太は驚いたらしい。ひょっとこに似た顔が、ますます滑稽になった。滑稽な顔だが目に邪気がなく、瞬きを忘れたように真《ま》っ直《す》ぐに見つめる視線には、言葉以上の熱が籠もっている。その目が小五郎を眩《まぶ》しそうに見つめる。その視線が、小五郎には心地良かった。

「お主の考えていることはわかる。どうして殿は逃げないのか、ということであろうが」

小五郎は、伽那の前で殿の悪口を言うわけにはいかない。

伽那は笑みを浮かべたまま、父は変わり者ですから、と言った。

「殿は、城を持つことに執着がある。いつかは城の主になりたいという執念で凝り固まっている」

「城にそれほどの値打ちがあるのか」

藤太は、城というものに関心がないらしい。

「おれにはわからん」

小五郎にも実のところ、義基の執着はわからない。

「人というのは、それが何であれ、手に入らないと無性に欲しくなるものだと親父《おやじ》が言っていた」

藤太が、目の端で伽那を見た。

少年が盗み見をするような目の動きだった。伽那は、黒々とした目を藤太に向け続けている。伽那に向けた藤太の視線と伽那の視線が絡《から》んだ。すると、慌てたように藤太が顔を伏せた。

うぶな男だ、と小五郎は胸の中で笑った。笑ったが、嫌な気はしなかった。主の義基とは随分に違う。

「それを持っている者にはたいしたことがなくても、持っていない者には大変な価値があるように見えるものらしい。嫁を持つ者は女を鬼のようだと言うが、嫁を持たない者は女を天女のように思い込むそうだ。おれは嫁を持ったことがないから、こんなことを言うと滑稽かもしれぬ」

藤太は顔を伏せたまま、喋った。

「殿は、城を天女か天竺《てんじく》のように思い込んでいるわけか」

小五郎は、膝を手で叩いた。

「私には気儘《きまま》がそういうものに思えるけど。気儘に旅ができる人が本当に羨ましい」

伽那は、やや大げさに溜息《ためいき》をついた。溜息に釣られたように藤太は伽那を見たが、すぐに顔を伏せた。彼女は、藤太に熱い眼差《まなざ》しを向け続けている。それに対して藤太のほうは、伽那の視線を外そうと汗を掻いている。そのことが小五郎には愉快だった。

「ということは、古河の城は矢部様のものではないのだな」

伽那の視線に息苦しくなったのか、藤太は小五郎に話を向けた。

「殿のものではない。殿と共に籠城している野田様の城だ」

「では矢部様のものにはなるまい」

「そうでもない、と殿は考えている。野田様は鎌倉勢の大軍に浮き足立っている。いずれ城を捨てて逃げ出す、と殿は見ている。今の世は何が起こるか誰にもわからない。踏み留《とど》まっていれば城が手に入るかもしれぬというわけだ。つまり野田様が逃げ出すまでは、何があっても殿は城に居続ける腹だ」

藤太は静かに耳を傾けている。小五郎は、自分の言葉が砂《いさご》に染み込む水のように、藤太の身体に吸い込まれていく気がした。こんな風に自分の言葉を聞いてくれる者に、小五郎は会ったことがない。つい饒舌《じょうぜつ》になった。

「殿にとっては何よりも城だ。そのことに関しては、家来の言葉など聞く耳を持たぬ。最後まで城に残ると鼻息が荒い」

茶碗の白湯で、小五郎は舌を湿らせた。その間も藤太は無邪気と言いたいくらいの生真面目さで見つめてくる。自分の言葉を待っているのがわかる。

「無論のことだが、城を捨てれば鎌倉勢は来ない。上杉の大軍は、反乱を鎮圧するのが仕事だ。この地を攻め滅ぼすために来るわけではない。我らが籠城するからこそ攻めてくる。城を捨てて散り散りになれば、攻める理由がなくなる。城が空になれば、憲信は引き上げる」

「籠城することがまずいのだな」

「お主の御先祖が務めていた検非違使と同じだ。夜盗が商家に押し込めば、それを捕縛するのが検非違使の仕事だ。夜盗が商家に居座り続けたら、検非違使は商家を取り囲み、夜盗を捕まえようとする。だが夜盗が姿を消せば、いつまでも商家を囲んではいまい。他の夜盗を捕まえに行くだろう。そういうことさ」

「城に兵が残っていた場合は？」

「そのときは、最後の一人が死ぬまで攻めてくる」

「そうまでして矢部様は城が欲しいのか」

「執着している。此度《こたび》のことが、城を手に入れる好機だと考えているようだ。これで城を手にできなければ二度と手にできないとも仰《おつしや》っていた」

「父の言うことなんか聞かずに逃げちゃえば良いのよ」

伽那は、草臥《くたび》れたような声を漏らした。

「そんなことはできません」

小五郎の顔が強張《こわば》った。

家来たちの親族は渡良瀬川の川向こうに集まって暮らしている、と小五郎は説明した。義基は、そこに実弟と十人ほどの兵を残している。もし家来が反旗を翻したら、義基の弟が兵を引き連れて一族を皆殺しにするだろう。

「今の総州はな、そうでもしなければ家来に寝首を搔かれる有り様だ。どこの殿様も同じだ。雇う者も雇われる者も命がけよ」

おれにはそんな野心はないがな、と小五郎は寂しげに笑った。

「おれは、人の下で働くのが性に合っている。人からこうしろと言われれば身を粉にして働けるが、自分で事を始めることがどうにも苦手だ。ようやくに今の殿に雇うてもらえたところでな。一族を養うには、そうそうには逃げ出せぬ」

「他にも主はいるだろう」

「野田様に仕えよと言うか。それとも結城の城か。どこも同じだと言っただろう。結城が持氏の遺児を抱え込んだのは、欲得ずくに決まっている。誰も彼もが、生臭い利にありつこうと目の色を変えているのだ」

小五郎は、溜息をついた。

まともな殿様は、絵物語の中にしかいない。

藤太は肩を落とした小五郎に気を遣ったのか、視線を外して裏庭を眺めた。小五郎も口を閉じて庭を見た。

日が傾き、橙色《だいだいいろ》の日差しが庭とその先の畑を照らしていた。夕暮れの景色の中を、腰の曲がった老爺《ろうや》が背丈よりも長い鍬を担《かつ》いで歩いていた。この辺りの田畑は荒れ果てている。それでも己の食べる分だけを細々と作っているのだろう。畦道《あぜみち》を歩く姿が、夕陽《ゆうひ》に染まった森を背景に小さな影になった。色褪《いろあ》せた風景だ、と小五郎は思う。この地で育った小五郎は、子供の頃からこの風景を眺めてきた。人も景色も疲れ果てたように寂しい。もうすぐ日が暮れる。

「日が暮れるな」

と、藤太が言った。

小五郎は、軽い驚きを覚えながら藤太を見た。藤太の言葉を、たった今自分が呟いたような気がしていた。同じ事を考えているのか、と心が騒いだ。

冷たい風が座敷の中にまで吹き込んできた。藤太は、風に吹かれて飛んできた楓の葉を摘《つま》み上げた。地面の上で年を越し赤茶色に変色した落ち葉が、風に舞い上げられて飛んできたらしい。冬を越えた葉の先が縮こまっている。何が面白いのか、その枯れ葉を藤太は指先で摘《つま》んで眺めている。

ただの汚れた葉だ、と小五郎は訝《いぶか》しんだ。何が珍しいのだろう。

「ここから見える風景は美しいな」

藤太は、手にしていた楓の葉を小五郎に差し出した。

「小五郎殿に会えて嬉しい」

おう、と小五郎は声を上げたいほどに驚いた。

変わったのだ！

色褪せた枯れ葉だったはずのものが、小五郎の手に落ちた瞬間に、目の覚めるほどに鮮やかな別のものに変わった。もちろん小五郎の手にあるものは相変わらず一枚の枯れ葉に過ぎない。変わったのは、それを見る小五郎のほうだろう。

小五郎にとって、それはすでに一枚の枯れ葉ではなくなっていた。藤太と出会えた今日という日を表す、大切なものに変わった。

「その枯れ葉は、今日小五郎殿に会えた証《しるし》だ」

藤太の言葉を、またも小五郎は自分が呟いたのではないか、と思った。自分が考えていたことを藤太が言葉にする。それだけだろうか。

そうではあるまい。

小五郎は腹の底が震え出すのを感じた。ひょっとこに似た藤太の顔を笑ったからではない。小五郎は身体が震えるほどに興奮していた。

この男は、おれをわかってくれる。

「まもなく結城の城が落ちる。次は古河だ。木々の若枝が伸びると共に、おれたちが死ぬ季節が来る」

普段なら毛嫌いするはずの、やや湿り気を帯びた言葉を小五郎は使った。その言葉を使っても嫌な気持ちにならないのは、己の言葉が血に溶けるように藤太の身体に吸い込まれていくからだろう。何を話しても受け止めてくれる気がする。こういう相手に向かい合うのは、幼い頃の父以来ではないか。川向こうに残している妻や幼い息子にすら、こういう感情を抱いたことはなかった。

飽きるほど眺めたはずの風景が、初めて見る景色のように瑞々《みずみず》しく映り始めている。

長い鍬を担いだ老爺が遠ざかっていく。その後ろ姿を、今の小五郎は寂しくは感じない。畦道の先には、温かい食事と可愛《かわい》い孫が待っている気がしてならない。

色褪せた田畑も又、全く別の景色に変わった。

行灯《あんどん》に火を灯そうかという頃合いに、七郎太が、小五郎たちのいる部屋に入ってきた。牛蒡のように黒い顔が、ほのかな灯りの中で青ざめていた。

「伽那様からお聞きした場所で三名の武士が死んでいた。胴丸《どうまる》や籠手《こて》の拵《こしら》えはこの地では見かけぬものだ。鎌倉勢の斥候だろう。ただな、死に様が異様だ」

七郎太は、この寒さの中で汗を掻いている。

「三人とも、雷様が倒したのよ」

静かに座っている藤太の代わりに、伽那が答えた。

「人の手で殺したとは思えない死に様ですぞ」

「どういうことだ？」

小五郎は七郎太に顔を向けた。

「顔が石榴のように割れていた」

「斬ったのではないのか？」

「違う。粉々に砕けていた。あんな死に様は見たことがない」

七郎太は、自分の顔を両手で揉《も》むような仕草をしてみせた。


藤太が用いたのは、火薬である。

だが、種子島《たねがしま》に鉄砲が伝えられるまで、まだ百年は待たねばならないこの時代、ほとんどの者にとって火薬というものは馴染《なじ》みがない。

存在は、している。

この時代より百七十年ほど昔、蒙古《もうこ》軍が来襲した折に「てつはう」と呼ばれる武器を用いた。「てつはう」とは投擲《とうてき》の爆発物である。陶製の器に火薬と鉄片などを入れて、敵の面前で破裂させる。後の手榴弾《しゅりゅうだん》と同類の武器だった。その戦いで、この国の者は火薬というものの存在と、その恐ろしさを同時に知った。

ただし火薬は、その大半が硝石《しょうせき》というもので成り立っている。その硝石がこの国では極めて手に入れにくい。そのため、元寇《げんこう》より百七十年近くが経とうとしているこの時代まで、火薬を扱う者が現れなかった。

藤太は火薬を使ったが、火縄銃を用いたのではない。いかなる銃も、まだ存在していない。

この同じ時期、中国の明《みん》に火薬を用いた見せ物があった。人々の前で人の背丈ほどもある炎を吹き上げたり、大きな酒瓶を手を触れずに割って見せた。仕組みは簡単で、前もって酒瓶の中に火薬を仕込んでおく。単純なだけに、魔術のように驚かれたらしい。その者たちを火套《かとう》と呼んだ。炎を衣服のように身にまとう者という意味だろう。

藤太の術は、その火套に似ている。火薬を仕込んで巨岩を砕いたり、着火剤として森を焼き払う。あるいは素焼きの器に火薬を詰め、麻を編んだ火縄に火を付けて相手に投げる。破裂すると器の破片で敵の命を奪う、という用い方をする。

藤太はこの時代、この国でたった一人の、炎を身にまとう男だと言って良い。

藤太と伽那が出会った日のうちに、元号が嘉吉《かきつ》に変わった。翌日は、嘉吉元年（一四四一）二月十八日である。

小五郎は、藤太を城に案内した。

古河城は、平屋の館を十五ほど集めたものに過ぎない。敷地は広く、渡良瀬川に沿うように延びている。城の周囲に渡良瀬川の水を引き込んだ堀があるが、それに加えて新たな空堀と土塀とを大急ぎで拵えている。

城には三百の兵が集まっている。野田安重の家来が百。矢部義基が五十。残りの百五十人は、この一年の間に参集した野伏の類だった。

本丸に当たる館のそばを歩いていた藤太を見て、高らかな笑い声を上げた男がいた。突き出た腹が帯を隠すほどに肥《ふと》った男で、膨らんだ顔が痘痕《あばた》で覆われている。痘痕の中に小さな目と低い鼻が散らばった扁平《へんぺい》な顔は、どことなく泥鰌《どじょう》に似ている。じっと藤太を見つめる表情が、ひどく物欲しそうに見えた。

「あれが、城主野田安重様だ」

小五郎は、藤太に囁いた。

安重は、藤太を見つけると縁側から立ち上がった。体格の割に動きが速い。異様なことに身体の大きさに比して足がひどく短かった。腰を下ろして反っくり返っているときには巨漢だが、立ち上がると存外に背が低い。

「お主は、ひょっとこか」

安重は笑いながら藤太の顔を覗き込んだ。下唇が舌で舐《な》め回したように濡れている。

藤太は黙ったまま、安重を眺めた。

「この男は口が利けんのか」

安重は、小五郎を睨んだ。

「この御方は、俵藤殿です。なかなかの遣《つか》い手です」

「ほう。お主よりも遣えるか」

安重の目が針のように細くなる。

「俵藤殿は、鎌倉の斥候三名を御一人で倒しました」

小五郎の言葉に、無様なほどに安重は慌てた。藤太の剣の腕に慌てたのではない。

鎌倉の斥候が来たことに驚いている。

「ついに来たか」

太い首をぐるりと回して、自分の家来を呼び集めた。

「今夜、商家を襲うぞ。銭と食糧はいくらあっても足りん」

矢継ぎ早に家来に命じてから、安重は、あからさまな作り笑いを痘痕面に貼りつけて藤太を見た。

「戦える者は歓迎するぞ。よく来てくれた」

二人から離れると、おれの甲冑を持ってこい、と別の家来を怒鳴りつけた。その声は、藤太にかけた声とは別人のように激しかった。

「この城では誰が山賊で、誰が武士なのか区別がつかぬ」

小五郎は、藤太に済まなそうな表情を見せた。

藤太は無言で遠ざかる安重の背中を眺めていたが、巨体が館の陰に消えると、小五郎に顔を向けた。黙っている。が、その目が小五郎の言葉を待っているように思えてならない。藤太に見つめられると、小五郎の舌が勝手に喋り出してしまう。

「お主が聞きたいことはわかる。ここを捨てて他へ行けと言いたいのだろうが、どこへ行こうが同じよ」

小五郎は、大げさに首を振った。

「今の主を離れて、今度は安重様の家来になるか。それで何が変わる。おまけに妻子を押さえられている。逃げ出すわけにもいかん」

言葉が愚痴になった。小五郎は口を閉じた。

「風は、あの山から吹くのか？」

藤太が、口を開いた。

「山？」

いつの間にか強い風が吹き出していた。空の高いところをちぎれ雲が流れていく。藤太は目を細めて風上を見ていた。遠い空の下に薄墨《うすずみ》で描いたように日光《にっこう》連山が並んでいる。

「この地を吹く風は乾いている」

右手を持ち上げた藤太は、手のひらで風を受け止めるような仕草をした。この季節、下総の空は特に高い。目の覚めるほどに青い。

「風は赤城《あかぎ》の山から吹くと聞くが、お主も風が好きか」

「好きだ」

「おれもだ。風に吹かれると気持ちが良い」

小五郎は勢いよく返事をした。

藤太は、首を振った。

他に何がある、と小五郎は聞いた。

「焚《た》き火が良く燃える」


城に集まった三百の兵は、その素性のままに三つに分かれている。

野田安重の家来は百名ほどで、武士の格好をしているが中身は山賊と変わらなかった。主従関係も薄い。家来たちが安重に従っているのは、そうしていれば容易《たやす》く商家に押し入り、金や食べ物を奪い取れるからにすぎない。京、鎌倉に対する反抗心も、結城に立て籠もった足利の遺児に対する同情もない。大義という言葉とは裏腹の、ただの盗人といって良い。彼らは盗賊をするために、安重の家来になっている。

ふたつ目の集団が、小五郎の主である矢部義基の家来である。総勢は五十余り。

人数は少ないが、この集団がもっとも武士らしかった。必要な食糧は川向こうの領地から運んできている。ときに商家を襲って金品を取ることもあるが、滅多に人を斬らない。小五郎と七郎太の二人が家来たちを統率し、最低限の規律を守らせていた。五十人のうち、小五郎他五人は、伽那の館に寝泊まりしている。また別の十人は、義基の警護をしていた。

残りを占めているのは野伏、だった。彼らは数人、あるいは十数人の小さな集団が寄り集まった烏合《うごう》の衆で、それぞれに頭目がいる。その筆頭と言えるのが遠見《とおみ》の治助《じすけ》だった。遠見という土地の出で、四十代半ばだが虫歯であらかたの歯を失っている。黙ると皺《しわ》だらけの老人の顔になった。口を開くと鼻を摘みたくなるような臭いが漂う。それゆえ周囲の者から忌むように嫌われていた。周りから嫌がられていることは本人が一番に感じ取るらしく、栗《くり》のイガのように敵意を剝き出しにして歩いている。人を苛《さいな》むのを好み、商家を襲えば必ず人を殺し、女を犯す。喧嘩《けんか》上手で、どんなに汚い手でも勝てば良いと考えているために戦うと強い。口臭を我慢して付き従うものが二十名ほどいるのは、治助が律儀に給金を払うからだった。

「人に嫌われている分だけ、治助という男は人が恋しいのかもしれぬ」

小五郎は、そう見ている。

野伏の中にも、わずかながら真っ当な者がいる。

山崎三郎義正《やまざきさぶろうよしまさ》が、それだ。義正は疱瘡《ほうそう》の流行により主家を失い、次に仕えた家も潰れた。それ以来、主を持たない。歳は五十二。この時代、すでに老齢といって良い。弓が得意で、大柄な身体に筋肉を巻きつけた太い腕を持つ。顔の真ん中に鷲《わし》の嘴《くちばし》のような立派な鼻がついている。鼻の下に生やした髭が白い。周囲からは爺様《じいさま》と呼ばれていた。

堀の側《そば》で爺様を見つけた小五郎は、藤太を紹介した。藤太の顔を見た途端に、爺様の目がまん丸になった。が、笑わなかった。

「茶は？」

と、落ち着いた声で言ったが、白い髭が小刻みに震えた。

藤太は軽く頭を下げて、爺様の隣に腰を下ろした。小五郎も、切り出した石のひとつに座った。爺様の前に茶の道具が並んでいる。手早く茶を淹《い》れた爺様は、平らな石に茶碗を置いた。また藤太の顔を見た。眉を寄せ、顔を強張らせている。

「城では見かけぬ顔だ」

口が勝手に笑い出さないように横に広げながら、爺様は喋った。

老いてはいるが貫禄《かんろく》のある爺様を、小五郎は好ましく思っている。人が好く、腕も立つ。こういう男が牢人になり、安重のような男が城の主になる。こういう世の中の歪《ゆが》みに触れるたびに小五郎は身体が地面に沈み込むような気持ちに襲われる。

「旨《うま》い」

藤太の声が口先だけではなく、腹の底から発したように聞こえた。実に旨そうに飲む。小五郎は、ふっと身体が軽くなった気がした。

爺様も同じ気持ちらしい。嬉しそうに膝を打った。

「で、あろう」

大釜が吹きこぼれたように爺様は笑い出した。大きな鼻を天に向けて高らかに笑った。この爺様も時に商家に押し入ることはある。だが金も盗まず、女も犯さなかった。必要な量の茶しか取らない。

「お主、相当遣うな」

笑い終えた爺様は、生真面目な顔になった。

藤太は、黙って茶を飲んでいる。

爺様は、鼻先を小五郎に向けた。

「この者に剣を持たせたら、この城で相手になる者はいまい」

「それほどの遣い手ですか」

小五郎は改めて、頭のてっぺんから足の爪先まで眺めた。

「野田様も、そこそこの剣を遣う。だが、この者には及ぶまい」

爺様は、白い髭をひくつかせた。

「野田様の剣は質《たち》が悪い。おれは嫌いです」

小五郎は、己の言葉に蛆虫《うじむし》を踏み潰したときに似た嫌悪が混じるのを抑えられない。

「まあ、人それぞれだの」

その嫌悪を爺様に覚《さと》られた気がしたが、爺様は知らぬ振りをしてくれた。

爺様の顔は目鼻などの造作は立派だが、人としての印象は生気がなく濁っている。この世を上手《うま》く生きられぬふがいなさが、爺様をどろりと濁らせている。

小五郎にはわかる。そういう者ばかりがこの城に集まっている。おれの顔も、と小五郎は腹の底で笑った。端《はた》から見れば同じように濁っているに違いなかった。爺様は、それを察してくれたのだろう。

「総州に来て嬉しいことがある」

いつもは俯《うつむ》いて静かに茶を飲んでいる爺様が、今日は良く喋った。

「傑物に出会えた」

「誰のことです？」

二人いる、と爺様は言った。

「一人は此度《こたび》の鎌倉の大将、上杉憲信だ」

「憲信に会ったのですか」

「二年ほど前に一度、遠目に見た。大きな男だ。身体も大きいが顔も大きい。その頭に、鬼の角と恐れられる兜《かぶと》を被っていた」

「憲信の兜は、噂《うわさ》では三尺もあると言いますが」

小五郎は確かめずにはいられなかった。鬼の角と呼ばれる憲信の兜は、戦場のどこからでも見えると聞いている。兜を見たら、敵も味方も慌てて逃げ出すという。

「まことに奇っ怪な兜だ。頭のてっぺんが槍《やり》のように伸びて、先端に金箔《きんぱく》が貼られていた。確かに三尺はあるだろう」

「どんな男です？」

「男ではない。化け物よ。あれに攻められては結城の城が可哀想《かわいそう》だ」

「では、もう一人は？」

「もう一人は、ここにいるわ」

大きな鼻の上に並んでいる目を見開いて、爺様は藤太を見つめた。

「山崎様」

藤太が口を開いた。

「爺様で良い。ここにいる連中の大半が、おれの名を知らん」

「爺様には見えぬ。まだ十分に若い」

「いやいや。おれは老いた。以前は爺様と呼ばれると苛《いら》ついたが、今はそれが当然と思うようになった。そう呼べ。そのほうが落ち着く」

「では、爺様」

「何だ」

「茶をいま一服、所望したい。かほどの茶を、おれは生まれて初めて飲んだ。実に旨い」

「この茶がわかるか」

爺様の表情が蕩《とろ》けた。

小五郎が見るところ、爺様はすでに心まで蕩かされている。が、爺様自身はまだ気づいていない。

爺様は、目尻を口元まで下げるほどに相好《そうごう》を崩して笑うと、火鉢に掛けた鍋から熱い湯を掬《すく》った。


城内に、矢部義基の姿が見えない。

「どこだ」

小五郎は、同輩を探して聞いた。

「伽那様のお館に」

返事をした同輩の顔が歪んだ。

「またか」

小五郎は足を止めた。主の義基が娘の館へ行く理由はわかっている。急いでも会えない。小五郎は、困った顔で周囲を眺めた。

「この土は」

藤太は、土塀の脇に積み上げられた土の山に指を触れた。粘土質で色が黄色い。

「抜け穴を掘っているところだ」

小五郎は、藤太を穴まで案内した。北側の塀の手前にある小屋の中に、抜け穴の入り口がある。小屋の底を一間ほど深く掘り下げ、そこから横に掘り抜いている。山崎の爺様の進言で、金掘りの者を掻き集めて去年の夏から掘らせていた。完成すれば十町ほども延びて、城の北西にある雀《すずめ》神社の森に抜ける仕組みになっている。

穴の内部には、杉板を並べて天井と壁を支えていた。

穴を覗き込んだ藤太は、周囲の板を拳で軽く叩いた。

「お主、穴掘りに詳しいのか」

その手慣れた様子を眺めながら、小五郎は聞いた。

「おれの爺様は穴掘りの名人だった。こうした穴をいくつも掘った」

藤太は壁を叩きながら穴の奥に入り込んでいく。胴が穴の中に消え、やがて足も見えなくなった。しばらくすると穴の奥から低く響く声が小五郎に届いた。

「この城で、ここが一番に居心地が良い」

そうだろう、と小五郎も頷いた。


藤太と小五郎の二人は、日の暮れる頃に伽那の館に向かった。

母屋の縁側に矢部義基が腰を下ろしていた。六十をいくつか過ぎているが、年齢よりも若く見える。面長の顔に整った目鼻立ちで、なかなかの男前だが、目の奥に猫を恐れる鼠《ねずみ》のような小心さが滲み出している。

数年ほど前に豊作が続いたとき、家来の数を倍にしたことがあった。俄《にわか》に態度が大きくなり、数年の内に関東を手中にするとまで息巻いた。ところが秋の颶風《ぐふう》で畑の何分の一かを吹き倒されると、それだけで先行きが不安になり、周囲の者が情けなくなるほどに狼狽《うろた》えた。だけでなく、半月ほど熱を出して寝込んだ。増やした家来には暇を出し、関東征伐の話は一切しなくなった。

時に周囲が呆《あき》れるほどの傲慢になるかと思えば、周囲の失笑を買うほどの不安に駆られる、不安定な精神を有している男だった。

出自は良い。この地の豪族の出である。父の良房《よしふさ》はこの地に小さな城を持っていたが、小栗満重《おぐりみつしげ》に攻め寄せられて義基と共に城を捨てた。以来、城には縁がない。父の死後は、義基が家を継いだ。渡良瀬川の西に領地を守っているが、一国の主とは言い難かった。

「伽那様を鎌倉勢から助け出した俵藤殿をお連れしました」

藤太を連れて裏庭に入った小五郎は、地面に膝を突いた。

縁側に腰を下ろした義基は黙ったまま、脂肪が貼りついた顔を藤太に向けた。目の下に隈《くま》を拵えている。精も根も尽き果てた様子だったが、藤太の顔を見るなり肩を震わせて笑い出した。

「まことに、ひょっとこよ」

「俵藤殿は、伽那様の恩人でございます」

「伽那も大層気に入ったそうだ。お主の話ばかり、わしに聞かせようとする」

いやまことに、と義基は笑い続けた。

「義基様は」

藤太は、口を開いた。

「何だ？」

「鎌倉と戦いますか？」

「さあて、そこよ。ひょっとこなら鎌倉の前で踊れば良かろうが」

義基はやや前屈《まえかが》みになって藤太の顔を見た。いくぶん舌足らずの義基の声は甘ったるく、一言一言が粘り着いている。

「戦えば、一人残らず死ぬことになります。此度は城を諦めて逃げるしかありませぬ」

言っても無駄だとわかっていても、小五郎は言わずにはいられない。

「馬鹿め。矢の一本も放たずに逃げ出せるか」

義基の額に青く血の筋が膨らんだ。城を諦める、と聞くだけで心が激しく騒ぎ出すらしい。

「では結城の様子を調べるべきかと」

「斥候は出した。が、誰も戻らぬ。小五郎ならできるか？」

「畏《かしこ》まりました」

「おれも行こう」

藤太が立ち上がった。

「お主に何ができる？」

義基の顔が笑った。

「たいしたことはできませぬが」

「が？」

「鎌倉兵の前で一踊りして参ろう」

そのとき屋敷の奥から伽那の泣き声が聞こえた。子供のようにわあわあと泣く声だった。手間のかかる年頃でな、と義基は顔を顰《しか》めた。が、すぐにたるんだ頬を膨らませて笑い出した。

「お主ならできる。その顔で鎌倉の奴らをたっぷりと笑わせてこい」

弐　火吹く男

藤太《とうた》と御坂小五郎《みさかこごろう》の二人は、野木《のぎ》から武井《たけい》を通って結城《ゆうき》に向かった。結城に近づくと、鎌倉《かまくら》兵が街道から溢《あふ》れるほどに増えた。藤太と小五郎は途中で鎌倉兵を殺して、その甲冑《かっちゅう》を身に着けている。それまで身に着けていたものは大木の洞《うろ》の中に隠したが、藤太は背中に琵琶《びわ》の胴ほどの大きさの袋を背負っていた。

「俵藤殿《ひょうどう》、それは」

「土だ」

「土？」

小五郎は怪訝《けげん》な表情を浮かべた。斥候《せっこう》に行くのに土を背負っていく者はいまい。

だが、それが何なのかは、小五郎には見当がつかなかった。

結城の城を十万の大軍が包囲している。

毛野《けぬ》川の河原も、田畑も、あまたある寺の境内さえも、人馬で埋め尽くされていた。人の海に小さな城が沈み込もうとしているようにさえ見えた。

「恐ろしいものでござる」

小五郎の声が震えた。だけではなく身体まで震えている。この場から大声を上げて逃げ出したかった。その小五郎の心を見透かしたかのように、彼の上帯を藤太がつかまえていた。碇《いかり》を降ろすように、藤太の手が小五郎の心が流れてしまうのを防いでいる。小五郎は、藤太に帯をつかまれたまま歩いた。城を大きく迂回《うかい》して毛野川の支流の堤に上ると、見渡す限りに葦《あし》が密生していた。

「葦を焼かなくては歩きづらくて堪《たま》らぬ」

壁のようにそそりたつ枯れ葦を掻《か》き分けて、小五郎は進んだ。

古河《こが》の城の周りにも、戦が迫っているために葦が刈り取られずに残っている。さらに焼くこともできない。小五郎は形だけは武士だが、一年の大半を義基《よしもと》の畑で働く。冬になれば川沿いの葦を焼く。渡良瀬《わたらせ》の川辺に広がる広大な葦原に火を放ち、焼け野原にする。そうすることで翌年の葦が真っ直ぐに生える。葦は家の屋根になり、葦簀《よしず》にもなる。葦焼きは面白い作業だが、怖い仕事でもあった。火が葦の原を駆けるように広がるからだ。雲の上から眺めれば広い葦の原のどこに火が回り、どこが歩けるのかがわかるだろうが、葦の原の中にいては皆目わからない。大丈夫だと思って進んだ先が、ぐるりと火で囲まれているということが起こりやすい。煙の流れる方向と火の進む方向が逆になることもある。広く燃えると風が巻き出し、火がないのに息ができずに倒れる者が出る。慣れた者でも命を落とすことのある作業だった。

「まあ、この葦のおかげで見つからずに歩けるが」

小五郎は地面に二重三重と折り重なった枯れ葦を踏みながら進んだ。ときに太股《ふともも》まで沈んだ。

鎌倉は、すでに足かけ二年に亘《わた》って結城を攻めている。それでも葦の原をこのままにしておくのは、鎌倉には葦を焼くという習慣がないのだろう。

「葦を焼くのは楽しいだろうな」

小五郎の上帯をつかんだまま、藤太も歩き続けた。

「俵藤殿も葦焼きを知っているのか」

小五郎の声が上ずった。藤太が葦焼きを知っていることに驚いたのではなく、同じことを考えているのが嬉しかった。

「子供の頃に親父と一緒に眺めたことがある。おれもやりたくてうずうずした」

「あれは子供には危ない仕事だ」

「親父も、おれにやらせるのは危なすぎると言った」

北側の堤に上ると城の細かな様子まで眺められた。その有り様に、小五郎は腰を抜かした。

「堀がない」

思わず小五郎は藤太にしがみついた。

城には空堀《からぼり》が掘られていたはずだが、それが見事になくなっている。消えたのではなく、きれいに塞《ふさ》がれてしまっていた。堀のあちこちに丸太が渡され、戸板が隙間なく並べられている。その上を鎌倉兵が自由に行き来していた。城はすでに丸裸にされたと言って良い。

「ああ攻められては、どうにもならん」

頭から血の気が引いていくのを感じて、小五郎は藤太の袖をつかんだ手を強く握り締めた。そうしなければ膝から崩れてその場に座り込んでしまいそうだった。身体だけではない。気持ちまで折れかけている。

「我らの城よりも数倍も堅固な城が」

「いや、古河の城は思いの外に広い」

藤太は額に手をかざして眺めている。

「お主は剣の腕は立つかも知れぬが、城の守りはわかるまい。広いだけでは屁《へ》の突っ張りにもならんぞ」

小五郎は、もう十分だと思った。鎌倉の兵を見た。結城の城は落ちる。どんなに防備を固めても、この大軍の前では唐紙《からかみ》と同じだ。この大軍が古河の城に押し寄せれば、城に籠《こ》もる三百の兵は、一本の線香が燃える間も生きてはいられまい。

ところが藤太は動こうとしない。まるで遊山《ゆさん》にでも来ているようなのんびりとした風情で周囲を眺めている。

葦の原の向こうに小高い丘陵がある。そこに旗が立っていた。

「本陣だな」

藤太は目を細めて眺めた。そこに上杉《うえすぎ》右馬助《うまのすけ》憲信《のりのぶ》が陣取っている。

「行こう」

藤太は、小五郎の上帯をぐいと握り直した。

「お、おい。もう十分だ」

小五郎は取り乱しかけた。

「山崎《やまざき》の爺様《じいさま》が言った化け物の顔を見たい」

「無茶を言うな。命が惜しくないのか」

「引き替えに望みが叶《かな》うなら惜しくはない」

「命と引き替えとは、どんな望みだ？」

「京と鎌倉とを束にして焚き火に焼《く》べてやろうと思うている」

小五郎は、その答えに呆然《ぼうぜん》とした。法螺《ほら》を吹くにもほどがある、と思ったが、藤太はすでに歩き出していた。

カラカラに乾いた葦が、小五郎の背丈の倍も伸びている。どこかから鎌倉兵たちの鎧《よろい》が擦れる音が聞こえてくる。藤太よりも一尺は背が低い小五郎は、さらに首を竦《すく》めて葦を掻き分けて歩いた。

途中、女の叫び声を聞いた。

その途端に前を歩いていた藤太が方向を変えて、声が聞こえたほうに歩き出した。わっと声を上げたいほどに慌てて、小五郎は藤太の腰に下がった甲冑の草摺《くさずり》をつかんだ。もはや小五郎は取り乱す寸前まで恐怖に駆られていた。敵の大軍の中心に入り込んでいるというのに、寄り道をしようとする能天気さについていけない。そうは思っても、小五郎は藤太の草摺をつかむのが精一杯だった。草摺をつかんだまま、ずるずると引き摺《ず》られた。

葦の中で男が女に跨《また》がっていた。女の白い胸が見える。葦の間からそれを目にした藤太は右にひん曲がった唇を嚙んだ。怒っているのだ。それに気づいた小五郎は嫌な予感を覚えた。胃の腑《ふ》が凍りつくような場所にいるというのに、藤太が余計なことをしでかすのではないかとはらはらした。そう考えている小五郎の目の前で、藤太が腰の刀に手を掛けた。小五郎は泡を食った。ここで斬り合いを始めたらどんなことになるのかはオケラにもわかる。周りには、万という鎌倉兵がいるのだ。

「やめろ。何をする気だ」

激しい口調で、しかし精一杯に抑えた声で制止しながら、小五郎は藤太にしがみついた。

藤太は首を回して、腰にしがみついている小五郎を見た。

「女を助ける」

こともなげに言った。

「あれは遊女だ」

小五郎は、早口に言った。説いて教えなければ、藤太は刀を抜いて男を斬ってしまうに違いなかった。

「男が女を襲っているのではない。女が商売をしているのだ。ここには男が溢れている。良い稼ぎになるから、あちこちから遊女が商売に集まってくる」

藤太の顔が驚いた。本当に知らなかったらしい。

どうやらこの男は、と小五郎は納得した。こういうことには少年のようにうぶなのだ。

「女が男を喰《く》っているんだ。間違えるな」

小五郎は、藤太を引っ張って葦の中に引き戻した。

葦の中に戻りながら、藤太は首を後ろに回して男に組み敷かれている女を見た。女が笑った。嬌声《きょうせい》を上げて男の腰に太い足を巻き付かせた。

「どうしてあんな女を助けようなどと考えるのだ」

「伽那《かな》様に似ている」

「何い」

小五郎はもう一度女を見た。女の顔はのっぺりとして、目も小さく、伽那様にはまるで似ていない。

と思ったが、小五郎は合点した。

この男は、としげしげと右にひん曲がった顔を見つめた。伽那様に惚《ほ》れているのだ。伽那様の黒々とした瞳には格別のものがある。おそらく伽那様に最初に見つめられたときに恋をしたに違いない。

「とにかく、ここを離れるぞ」

今度は小五郎が藤太の上帯をつかんで葦の中を進んだ。このままここにいたら、この男は本当にあの女を助け出そうとするに違いなかった。

一刻ほどかけて、本陣が望める場所まで近づいた。

本陣にあるはずの幔幕《まんまく》は片付けられていた。すでに勝敗は決しているということだろう。城を眺められるように畳んでしまったらしい。

十人ほどの鎧武者の中に、ひどく背の高い男が一人いる。男の背は六尺を五寸ほども超えていた。藤太も背が高く六尺近くあるが、それよりもさらに一尺近く高い。

異様なのは、その顔だ。長い。一尺半はあるだろう。目鼻は小さくまとまっているのに、その上下に長大な額と顎が付いている。馬が逃げ出すような長い顔だった。

さらに、その頭に奇っ怪な兜《かぶと》を被っていた。兜は頭頂部を摘んで持ち上げたように天に向かって三尺も伸び、その先端が金箔《きんぱく》で輝いていた。

「憲信の鬼の角だ」

小五郎は、自分の声が震え出すのを止められなかった。

「あれが近づくのを見たら敵兵はおろか、味方の者までが逃げ出すというが、なるほど恐ろしげな姿だ」

「あれが鎌倉の頭《かしら》か」

藤太の呟く声が聞こえた。

見ていると、憲信の前に、家来が裸の男を引き連れてきた。連れてこられたのは結城方の将らしい。刀は取り上げられていたが、縛られてはいなかった。あちこちを斬られたために晒《さらし》を巻いている。

「何をするつもりだ」

小五郎は目を凝らした。

憲信は兜を脱ぐと結城の大将と向き合った。憲信の口が動いたが、その声は小五郎の耳には届かない。

「素手で戦おうと言っている。一対一だ」

藤太は、憲信の口の動きに合わせて自分の口を動かした。

「お主、どうして憲信が喋っていることがわかるのだ？」

「憲信の口の動きを読んだ」

「お主は」

そういうことまでできるのか、と小五郎は思ったが口には出さなかった。胸の底で藤太に軽い嫉妬を覚えた。が、嫌な気持ちにはならなかった。それ以上の気持ちが小五郎の胸に湧き出している。

傑物が二人いる、と言った山崎の爺様は正しい。

憲信は、赤子の手を捻《ひね》るように結城の大将を殺した。

それだけでは済まなかった。動かなくなった大将の耳に齧《かじ》り付くと、耳を食い千切り、むしゃむしゃと食べた。憲信の口が真っ赤になった。

「もはや人とは言えぬ」

小五郎が呻《うめ》いたときに、背後から足音が近づいてきた。

「どなたの御家来でござろうか？」

葦を掻き分けて、二人の武士が現れた。すでに刀を抜いている。

小五郎は凍りついた。

「本日の合い言葉は？」

背の高い武士が聞いた。

「合い言葉？」

小五郎は、さらに慌てた。そこまで念入りに防御しているのか、と驚きもした。それでは斥候が帰ってこないのも当然だ。小五郎自身も帰れないだろう。

「どちらの御家来でござる」

「いや、つまり」

言葉にも詰まった。

それをじっと見つめていた武士が一歩下がった。

「曲者《くせもの》でござる。みなの者、出あ」

声が途切れた。藤太の刀が武士の喉を掻き切っていた。抜く手が小五郎には見えなかった。きらと日の光が反射しただけにすぎない。

もう一人は駆け出している。曲者だと叫びながら葦の中に消えた。

これまでだ。小五郎は覚悟を決めた。すぐに追っ手が集まってくる。この大軍の中では足掻《あが》きようもない。死ぬこと以外にできることはなかった。観念して藤太を見た。お主と会えて良かった。そう言おうとした。その藤太は、背伸びをして周囲を見回していた。一服できる茶屋でもないかと探しているような風情だった。渺《びょう》渺《びょう》たる大地に一人で立っているようにさえ見えた。

「走るぞ」

藤太が、小五郎に顔を向けた。ほんの少しだが、笑みを浮かべていた。

小五郎は溺れた者が藁《わら》にも縋《すが》るような気持ちで藤太の草摺をつかんだ。藤太が風のように走り出した。

枯れた葦の中を二人は駆けた。

前方から数人の武士が葦を掻き分けて現れた。先を走る藤太は危うく鉢合わせになりかけたが、その寸前で右に方向を変えた。大慌てで小五郎も続いた。その先にも数人の鎧武者が待ち構えていた。枯れた葦の原に、次々と鎌倉兵が入り込んでくる。逃げ回れる場所が次第になくなり始めた。右に進んでも左に走っても、鎌倉兵が行く手を塞いだ。追い詰められた小五郎の目は、逃げ道を探し出そうとして勝手に左右を行き来してしまう。

無理だ、と小五郎は喘《あえ》いだ。

ところが藤太は、毛ほどもそうは思わないらしい。相変わらず葦の中を走り続けた。小五郎は次第に、この男はただの馬鹿なのではないかと思い始めた。山崎の爺様は、とんだ見立て違いをしたのではないか。桁《けた》の違う馬鹿は、ときに桁の違う大物に見えることがある。それだったか、と小五郎の気持ちはしぼんだ。

もうひとつ、小五郎が気づいたことがあった。

藤太は走りながら、時折背中に手を回すと、背負った袋の下を探って中の土を捨てた。袋ごと捨てれば良いのにと小五郎は思うが、そういうことも、もはやどうでも良くなっていた。小五郎の足は限界に近づいている。膝が笑い出した。息が上がる。重たくなった足が葦の根に引っかかった。よろめいた小五郎の腕を藤太がつかんだ。

「後少しだ。懸命に走れ」

違う。

小五郎は、胸の中で叫んだ。藤太の目は毛ほども迷わずにひたと一点を見つめている。迷いがなかった。どこへ行けば良いのかがわかっている目だ。この男は出口を知っているのだ。藤太につかまれた腕から力が注ぎ込まれたように、小五郎の足が動き出した。

「懸命に走ります」

　語尾が変わった。小五郎自身は、そのことに気づいていない。強い風に背中を押されるようにして走り出した。


　だが、ついに囲まれた。

　葦の原に、その葦と並ぶように鎌倉の武士が立ち塞がった。藤太が止まった。小五郎も足を止めた。膝に手を当てて息を吐《つ》いた小五郎は、埃《ほこり》っぽい空気を吸い込んでくしゃみをした。枯れた葦の中を微細な埃が舞い飛んでいる。

　これは。

　藤太が背負っていた土だ、と小五郎は気づいた。すでに藤太の背中の袋は空っぽになっている。

「お主等は、結城の者か?」

　正面に立ち塞がった集団から一人の武士が出てきた。背は低いが、顔の大きな男だった。碁盤《ごばん》のような四角い顔に、ギョロリとした目玉と脂の浮かんだ鼻がついている。大きな頭に、鯛《たい》の前立てをつけた兜を載せていた。鯛の周りに星が輝いている。他の者たちは二間《けん》ほどの距離を置いて、藤太たちを取り囲んでいた。

「違う」

藤太は、腰に下げていた刀をはずして足下に放った。小五郎も、同じように刀を捨てた。それを見て、武士はやや緊張を解いた。今度は落ち着いて藤太の顔を見た。見た途端に笑い出した。

「ひょっとこか？」

藤太は黙っている。

「いや、済まぬ。そう問うては答えにくかろう」

鯛の兜は、まだ笑っている。さてと、と笑いながら続けた。

「お主は、どこのひょっとこだ？」

「古河だ」藤太は答えた。

「すると野田《のだ》右馬允《うまのじょう》の」

「矢部《やべ》義基だ」

藤太は、良く響く低い声で答えた。

「まあ、どちらでも同じだ。敵方の者を見つけたら、大将以外はその場で斬れ、という命令だからな」

「大将なら、手を出さずに本陣に連れて行くことになっている。殿が直々に成敗したいというわけだが、ひょっとこはどうすればいいのか聞き忘れたわ」

周りの武士たちが声を上げて笑った。中には藤太の顔を一目見ようと仲間を押しのけて前に出てきた者までいる。笑い声が渦を巻くように広がった。その中心に立つ藤太は、右に曲がった口元をさらに持ち上げるようにして笑い顔を作ると、右手を顔の前に持ち上げた。

持ち上げた右手のひらを、藤太は己の額に当てた。静かに顎の下まで撫でた。手に握り込んだ炭の粉で、藤太の顔が黒く染まった。曲がった鼻も口も黒く塗り潰した顔の中に消えて、切れ長の目だけが青白く光った。

鎌倉兵たちは腹を抱えて笑っている。が、間近から藤太を見つめていた鯛の兜を被っている武士だけは、笑うのを止めた。

「一応確かめるが、二人のうちのどちらかが矢部義基ということはあるまいな」

黒い顔を武士に向けたまま、藤太は黙っている。底光りをするふたつの目がじっと鯛の兜を見た。その沈黙に、鯛の兜は不審を抱いた。

「まさか、お主が義基ではあるまい」

「まず、そのほうの名を聞かせてもらおう」

敵陣の真ん中で数十人の敵兵に囲まれながら、藤太の声は慌ててもいず、怯《おび》えてもいなかった。

「おれの名を聞いたのか?」

武士は、己が被っている兜を指さした。

「おれは武蔵《むさし》国守護職上杉右馬助憲信が家来、和田《わだ》又太《またた》郎鯛玄《ろうたいげん》だ」

「では、鯛玄殿」

藤太は、何も持っていない両手を前に出した。黒い顔に浮かび上がるふたつの目が凄みを帯びた。

「これを御覧あれ」

軽く両手を擦《こす》り合わせてから、その両手を開いた。何もない手のひらから、ぽっと音を立てて炎が立ち上った。

事の成り行きを息を詰めて見ていた小五郎は驚いた。が、向かい合う鯛玄のほうが輪をかけて驚いている。兜の下で大口をあんぐりと開けて、藤太の手と、そこから噴き上がる炎を見ていた。周囲の武士たちも同じだった。その顔が強張り、一様に真っ昼間に幽霊を見たように怯えた。

「さて、これを走らせようか」

藤太の両手が左右に開いた。炎はふわりふわりと回りながら地面に落ちた。たちまち、二十ほどに増えた。今度こそ、大きく開いた鯛玄の口から叫び声が溢れた。地面に落ちて数を増やした炎が、鼠《ねずみ》のように葦の茂みを走り出す。走る度に炎は数を増した。二十が三十になり、五十に増え、瞬きを何度かする間に辺りが炎の海に変わった。

鯛玄は自分の周りに広がっていく炎を見とれたように眺めている。その背後で、一人の鎌倉兵の身体に炎が駆け上がった。呼吸ひとつする間に、男の全身を火が呑み込んだ。周囲の武士たちが駆け寄り、炎を消そうと躍起になったが、右でも左でも同じことが起きている。

葦焼きだ。小五郎は声のない叫び声を上げた。慌てて空を見た。風がある。動かなければ焼け死ぬ。

混乱の中で、藤太は地面に放った刀を掬い上げた。そのまま抜き上げるようにして左手の巨漢の武士を斬った。その左右の武士が藤太に刀を向けようとしたが、身体を駆け上がってきた炎が二人の腕に巻き付き、二人揃《そろ》って刀を放り出した。わっと二人が逃げた後に道ができた。小五郎の腕をつかんで、藤太が走り出した。引っ張られるよりも早く、小五郎も駆け出している。何よりも葦焼きの恐怖が小五郎の足を動かした。

鎌倉兵たちには、何が起きているのかわからないようだった。突風のような勢いで広がっていく炎の中で、同輩の身体に飛んだ火を、慌てふためきながら消そうとしている。

走るしかない。藤太に引っ張られながら、小五郎は叫んだ。こいつは町の火事とは違う。どこまでも広がり、全てを焼き尽くす。

その小五郎を、胃の腑《ふ》が凍るような恐怖が襲った。火の回りが小五郎が身体で覚えているよりも桁違いに速い。

あの土だ、と小五郎は震えた。藤太の土が、葦を焼く火に奔馬《ほんば》の勢いを与えたに違いない。

ただ不思議なことに、藤太の進む方角だけは火の走りが遅かった。わずかに人一人が通れるほどの地面が、炎に包まれずに残っている。小五郎は、ようやく藤太の奇妙な走りに合点がいった。この道を残すために右に左にと不可解な走り方をしたのだろう。

無我夢中で走りながら、小五郎は一度だけ振り返った。火に呑み込まれた葦の原を、鯛玄と名乗った男が小五郎たちの後を辿《たど》るように駆けてくるのが見えた。だが次の瞬間には炎が左右から噴き上がり、たった今走り抜けた道を焦熱地獄に変えてしまった。

ようやく葦の原を抜けて、炎のない大地に出た。

振り返ると、葦の原に青空を焦がすほどの炎が立ち上っていた。炎から十間ばかり離れても熱気が顔を焼いた。髷《まげ》がチリチリと焦げる。燃え上がる葦の原から、鎌倉兵たちが出てこない。鎌倉兵は葦焼きの怖さを知らない。それ故に、炎と煙で命を落としたに違いなかった。

葦の原を焦熱地獄に変えたのは、小五郎の前を歩いている藤太だった。藤太は己の手の中から炎を生み出し、葦焼きの炎を暴れ馬のような激しいものに変えた。

その藤太は、顔に塗り付けた炭を拭いながら振り返ることなく歩いている。普段《とも》と変わらぬ藤太の背中を眺めていると、小五郎は自分の身体の中にも小さな炎が点ったような気がした。

ひょっとすると、この男は火の神の化身ではないのか。

すたすたと歩いていく藤太に小五郎が追いついたときに、鎌倉武士が一人、汗を掻きながら駆け寄ってきた。

小五郎は怯えた。この武士もまた合い言葉を聞いてくるに違いなかった。せっかく逃げ出せたのにまた追われることになる、と気持ちがしぼみかけた。

そうはならなかった。

武士が近づいて来るや、藤太はもの凄い剣幕で怒鳴りつけた。

「敵の斥候が忍び込んでいる。お主に問う。いずれの家来だ。返答次第では斬って捨てるぞ」

藤太は刀を抜いた。惚れ惚れするような手並みだった。刀を突きつけられて、鎌倉武士のほうが魂消《たまげ》た。炎を見て駆けつけてきた途端に敵兵と間違えられて取り乱したようだった。

「それがしは信濃《しなの》守護職、小笠原政康《おがさわらまさやす》の一番隊、坂巻堂春《さかまきどうしゅん》でござる。本日の旗は三日月、合い言葉は、普賢《ふげん》」

「これは失礼した」

藤太は、刀を鞘《さや》に納めると丁寧に頭を下げた。

「では坂巻殿。あの炎を急いで消すように手配されよ。あの炎の勢い、この風の向きでは、あっという間に本陣が炎に包まれるであろう」

「それは一大事」

みなの者、出会えと喚きながら、坂巻と名乗った武士は、炎が上がる葦の原に向かって駆け出していった。

藤太は、炎とは反対の方向に歩き出した。その後ろを歩きながら、小五郎は舌を巻いた。あの武士は、自分が合い言葉を漏らしたとは思いもしないに違いない。

鎌倉兵たちが本陣に向かって駆け出していく。結城の襲撃だと騒ぐ者もいれば、火事を消せと喚《わめ》く者もいる。堤の上は足の踏み場もないほどに人で溢れたが、そこを過ぎて街道に出ると、逆に人が少なくなった。

騎馬が二頭、正面から駆けてきた。小五郎は自然と藤太の背中に隠れた。他のどの場所よりも、そこが危険のない場所に思えたからだ。

藤太は、両手を広げて馬の前に立った。二頭の馬が止まった。

「何用だ」

馬上から武士が怒鳴った。

「お願いの儀がござる」

藤太は深く頭を下げた。

馬上の武士は、訝《いぶか》しむような顔を見せた。

「どちらの家来だ」

「信濃守護職、小笠原政康の一番隊、坂巻堂春にござる。本日の旗は三日月、合い言葉は、普賢」

藤太は淀《よど》みなく答えた。

その受け答えを聞いた小五郎は、己の顔に笑みが浮かびそうになるのを必死に堪えた。

「して願いとは？」

二人の武士は、すぐに馬を下りた。

「二頭の馬を所望したい」

喋り終える前に、藤太の手が刀をつかんだ。喋り終えたときには二人の武士が死んでいた。

「馬のほうが楽さ」

血で濡れた刀を鞘に納めると、藤太は馬に跨った。慌てて小五郎も手綱をつかんだ。

「それほどの大軍か」

矢部義基は、暗い顔で呟いた。

伽那の館で、御坂小五郎は主の義基に報告した。座敷には二人しかいない。座敷の隅で、灯心《とうしん》が小さな虫が鳴くような音を立てている。小五郎は、結城の城の惨状と、それを攻める鎌倉の軍勢のことのみを話した。ただ藤太が火を吹いたくだりについては話すのを躊躇《ためら》った。

「あの軍勢が押し寄せてきたら、この城はひとたまりもありません」

「それでも逃げることは許さぬ」

義基は、腕を組んで天井を見上げた。唇が震え出している。城を諦めるという一事に、義基の不安定な心は毒蛇を目の当たりにした如くに怯えた。かつ拒絶した。

「しかし、殿」

小五郎は食い下がった。

「駄目だと言ったら、駄目だ。あの美しい城は何があっても捨てぬぞ」

「では、お願いがございます」

「何だ?」

「俵藤殿にそれなりの地位を与えて城にお迎えください」

「ひょっとこを?」

義基は、小五郎をじろりと睨んだ。小五郎は首を竦《すく》めるようにして畳に額を擦りつけた。

このおれは。

小五郎は平伏《ひれふ》しながら、自分の胸の奥を覗き込んでいる。

おれは、目の前にいる複雑怪奇な主よりも、ひょっとこの顔をした摩訶不思議《まかふしぎ》な男に惹《ひ》かれている。小五郎には、その気持ちを義基がこころよく思わないことがわかっていた。だからこそ報告の中に、藤太のことを入れなかった。そのことを話せば、義基は小五郎の心の変化を嗅ぎつける。家来が自分よりも余所者《よそもの》に肩入れをしていると知れば、疑《うたぐ》り深い主がどう反応するか。

胃の腑が冷える。

おれを、お払い箱にするか。いや鎌倉の大軍が迫っているときに、さすがにそれはしまい。だとすると藤太を城から追い出すか。小五郎にとっては、我が身のことよりもそのことのほうが恐ろしい。藤太の先祖は遡《さかのぼ》れば検非違使《けびいし》だと言う。城を出た藤太が鎌倉につくとも思えないが、しかしどうなるかはわからない。火を己の衣服のように身にまとい、それを自在に取り出す男を敵にしたら、これほど恐ろしいことはあるまい。

いや、そうではないか。

小五郎は己の胸の、さらに深いところを覗き込んだ。覗いた途端に、心の臓が早鐘のように打ち始めた。畳に額を擦りつけたまま、小五郎は顔を火照《ほて》らせ、熱い息を吐いた。

おれはあの男を畏れているが、それ以上に惹かれている。おれは、あの男から離れたくないのだ。

「小五郎よ。あの男が役に立つのか」

義基の声が、小五郎の思いを暗い座敷に呼び戻した。

「俵藤殿は、伽那様を助けた折に鎌倉兵三人を倒しております」

「刀は振り回せるらしいの」

「伽那様のお話では、いかずちを使って倒したように聞いております」

「伽那は子供だ。あれの言うことがあてになるか」

義基は、にたりと笑った。義基の顔つきが急に下品になった。

「身体のほうは大人だがな」

小五郎は、今の主の言葉が聞こえなかった振りをした。その代わりに小さな賭けに出た。ここは躊躇いを捨てて藤太を主に売り込むべきだ。己の心の内を読まれることを覚悟しても藤太を主に買わせる。そうしなければ、小五郎の出口がない。

「俵藤殿は、結城の城の近くでも鎌倉兵を殺しました」

「何の話だ？」

　義基は、まだ下品に笑い続けている。

「結城の城で、我らは数十人の鎌倉兵に囲まれました。万事休すと思いましたが、俵藤殿が不可思議な技で、鎌倉兵の悉《ことごと》くを殺して逃げおおせました」

「今、十人を殺したと言ったか？」

　義基は目を細めるようにして小五郎を見つめた。

「それ以上の」

「では、二十か？」

「その倍はいたかと」

「なるほどな」

　義基は、そばに置いてあった扇子《せんす》をつかむと、平伏している小五郎の髷をぽんぽんと叩いた。

「のう、小五郎。そちはまことのところは、結城の城のどの辺りまで行ったのだ」

　小五郎は黙った。義基の声が頭の上から落ちてくる。その声に、疑りと嘲《あざけ》りが混じっているのがわかる。

「本陣を見たと言ったが、おそらくは結城の城を遠目に見ただけであろう。その大軍とやらも、十里も離れた場所から眺めたにすぎまい。あるいは見張りの鎌倉兵の一人か二人と刀を交えたかもしれぬが」

ぽんぽんと扇子が小五郎の髷を叩く。

「それが頭の中で勝手に膨れあがり、結城の本陣を見て、なおかつ憲信の顔を見たと思い込んだ。さらには四十人の鎌倉兵に囲まれたが、その全員を斬り殺して帰ってきたと、そのような御伽噺《おとぎばなし》になったのであろう」

違うか、と義基は笑った。

「夢を見たのだ。恐怖に駆られた者によくあることだ」

「かもしれませぬ」

十万の大軍の真ん中にまで忍び入り、敵の総大将の顔を確かめた上に自分たちを取り囲んだ数十人の敵兵を殺したという話は、荒唐無稽という言葉が追いつかないほどに桁が外れている。

そうか、ひょっとこが鎌倉兵四十人を殺したか、と義基は笑った。扇子で自らの首をとんとんと叩いた。

「小五郎は、あの男を何者だと思う？」

「あるいは、人ではないかもしれませぬ」

小五郎は、言葉を選びながら喋った。

あはは、と義基は声を上げて笑った。

「それはそうだ。あれは、ひょっとこよ。人ではないわ」

「その通りでございますが」

何だ、と言う具合に義基は小五郎を扇子で叩いた。

「俵藤殿は、火の神の眷属《けんぞく》かもしれませぬ」

「ひょっとことは、火を吹く男のことだからな。この辺りでは昔からその類の絵を描いた御札をへっついのそばに貼る。そのくらいの御利益が、あれにもあるか」

義基もこの地の生まれだけに、この辺りの風習に馴染《なじ》んでいる。ひょっとこは火吹き竹を吹く男、という言葉が変化したものだという説がある。台所にあるへっついに火を点ける男のことだが、この地ではそれが火の神様に格上げされて、その顔を描いた御札を台所の壁に貼る風習がある。ひょっとこの御札を貼れば火除けになると言う。

「俵藤殿は、己の衣服の如くに火を持ち歩き、自在に火を放ちます。火の神の生まれ変わりでもなければできぬことかと」

小五郎は、半ば本気でそう思い始めている。

「火の神の生まれ変わりか」

ぱちん、と義基の扇子が鳴った。小五郎は額を畳に押し付けた。また叩かれるだろうと思ったが、義基は叩かなかった。だけでなく、声を上げて笑った。笑いながら、それだ、と言った。

義基の父良房《よしふさ》は大胆でありながら、細やかな気配りも持ち合わせていた。だが義基は、父の悪い面だけを受け継いだ男だった。大胆さは義基の身体の中で傲慢に変質し、細やかな気配りは捉えようのない不安に置き換わっている。それゆえに人を信じることができない。人の弱みにつけ込み、人を利用することしか頭になかった。逆に言えば、人の弱みにつけ込んでそれを利用することに長《た》けている。天性と言っても良いほどに人の弱みを嗅ぎつける。

いつだったか、義基が酔いにまかせて小五郎に口を滑らせたことがある。城にいる三百の兵のことだった。

城に籠もっている者は、近いうちに鎌倉の大軍が来ることを知っている。来れば死ぬ。猫を前にした窮鼠《きゅうそ》と同じだ。窮鼠というものは信じるに値するものを信じるわけではないぞ、と義基は言った。彼らは、自分が信じたいと思うものだけを信じようとする。自分が生き延びる先の世だけを信じる。そういうものよ、と笑った。

ならば、と小五郎は考えている。

ならば彼らは、一人の鎌倉兵を殺した真実よりも、四十人を殺した嘘をこそ信じるはずだ。そのような男が入城すれば、わずかだが彼らの先の世が見えてくる。その嘘に縋り付き、己の命が長らえる夢を見ようとするだろう。現に小五郎自身がその夢を見たがっている。

小五郎の賭けは、その先にある。

義基がそう考えるかもしれない、という賭けである。義基は、小五郎の話を爪の先ほども信じていない。ただの法螺《ほら》話だと考えている。しかしその法螺話を城に籠もる兵たちに利用できるとなれば、義基は食い付いてくるのではないか。

義基は、何度も扇子で自分の膝を叩いた。やがて、小五郎よ、と口を開いた。

「みなに伝えよ。ひょっとこがいる限り、城は落ちぬと信じ込ませるのだ」

「承知しました」

興奮を隠して、小五郎は額《くみ》を畳に擦りつけた。

「だがのう。あれは我らに与するのか」

「殿様の御心次第で」

小五郎は、次の賭けに出なければならない。

「わしの？」

「我らに与すれば俵藤殿も死ぬことになります。生半可な条件では城に残ろうとは思いますまい」

「わかったぞ」

義基は、にたりと笑った。

「あの男には命よりも欲しいものがある。そうであろう」

「ひとつ、ございます」

小五郎は、さらに頭を下げた。

小五郎も必死だ。

結城の城が落ちて鎌倉軍が古河に来れば、死なねばならない。そのことを思うと頭から血の気が引いて、時に立っていることすらままならなくなる。

生き残りたかった。

生き延びて、せめて息子の元服姿だけでも見たい。そう思うが、生き残る道はどこにもない。出口が見えない。

義基に仕官したのも、暮らしていくために必要だったからに過ぎない。義基は人間の屑《くず》だが、それでも自分の暮らしを支えるために必要な男だった。暮らしのために情けない思いを押し殺して仕え続けた。小五郎は、目の前の老人に仕えているのではないと自分に言い聞かせながら毎日を過ごしている。おれは自分の一族を養う銭に仕えているのだ。あの男にではなく、禄《ろく》に仕えているのだ。そうやって自分を言いくるめて生き続けてきた。

ところが、そうも言っていられなくなった。避けようのない死が迫っている。かといって逃げることもできない。一族が押さえられている。あるいは一族ともども上手く逃げ延びることができるかもしれぬが、その後は路頭に迷って飢えて死ぬのが目に見えている。生き延びる手だては、何一つなかった。

そう思っていたところに藤太が現れた。真っ暗な空に星を見つけたような気持ちで、小五郎は藤太を見上げた。あの男なら、この行き詰まった状況を変えてくれそうな気がした。そう思うからこそ、なんとしても藤太に城に残ってもらわねばならない。

だが。

小五郎は義基に顔を見られないように平伏しながら、かすかに眉を顰《ひそ》めた。己の胸の底で、違う、と囁くものがいる。それが、自分は生き延びるためにひょっとこを味方に引き入れようとしているわけではない、と囁く。

心の底で全く別の、小五郎が予想もしなかった感情が沸き上がろうとしている。あの男と共に死にたい、と思う自分がそこにいた。

小五郎よ、と矢部義基は言った。

「どうすれば、あの男を味方にできる？」

殿、と小五郎は顔を上げた。方法は、ひとつしかない。

「何だ」

鼻の穴を大きく広げて義基は笑った。鼠を追い詰めた猫のような顔になった。

「俵藤殿は、伽那様に懸想《けそう》しております」

渋い表情を浮かべながら、義基は宙の一点を見つめた。そうか、と呟いた。ひょっとこの弱みは、伽那か。

「あれを伽那で釣るか」

「それこそが、俵藤殿の唯一の弱みでありますれば」

「釣り上げられる、というわけだな」

義基の口の端が持ち上がった。笑った。

釣れた、と思いながら小五郎は頭を下げた。

「お主は火の神様だそうだな」

城の南側に組み上がりつつある櫓《やぐら》を見上げながら、山崎の爺様は藤太に話しかけた。

二人は、広場に集められた石のひとつに腰を下ろしていた。そばに渡良瀬川の水を引き込んだ水堀がある。水堀のそばに大きな銀杏《いちょう》の木が聳《そび》えている。その幹の太さから推し量れば、この城ができるはるかな昔からそこにあったであろう。銀杏はとうに葉を落として裸になっていたが、どういうわけかこの年は、黄金色に輝く葉をわずかに残したまま、年を越した。季節外れの落ち葉が風に舞った。

「手のひらから自在に火を取り出すと聞いたが、さようなことができるのか？」

興味津々という顔で爺様は藤太を見た。鷲の嘴《くちばし》のような立派な鼻が、肌を刺す冷気に赤らんでいる。

藤太は風を避けて両手のひらで鞠《まり》をくるむような形を拵《こしら》えた。丸めた両手の、上の部分を少し開いた。

ぽっと炎が生まれた。

「おう」

爺様は、目を丸くして見つめた。子供のようである。

藤太は両手を火鉢の中に差し入れると、枯れ枝に火を移した。

「まさしく魔訶不思議じゃ。お主は、我らが太刀を帯びるように火を携えているのか」

藤太は、ぽんと手を叩いて両手を開いた。手の中には何もなかった。

「なるほど、神様に違いない」

爺様は、両手を合わせて藤太を拝む仕草をした。両手をぱんぱんと打ち鳴らしてから顔を上げた。破顔している。

「きっと御利益がある」

声を上げて笑いながら、爺様は火鉢の上に、水を張った鍋を載せた。

「火の神様は、いずれの生まれだ」

「山だ」

ふむ、と爺様は頷く。

「では、どこへ行かれる」

「京の都へ行くつもりだった」

「都で何をする」

「京の御所を燃やすつもりだった。ついでに室町にいる公方《くぼう》様も焼いてしまいたい」

「それは途方もない望みよ。富士の御山を吹き飛ばそうとするのと同じだ」

「できるとは思っていない。失敗するだろうが、我が一族を思い出させることはできるだろう」

藤太は、からりと笑った。

「もし復讐《ふくしゅう》をしようと考えているのなら止めておけ。この世にはな、もっと」

爺様の顔が曇った。大きな溜息を吐いてから、羨ましいかぎりだ、と呟いた。その声が沈む。

「お主なら、どんな願いも叶うかもしれぬ。それに引き替え、このおれには何もない」

俄《にわか》に爺様の身体がしぼんだ。

「おれには、爺様こそ羨ましく思えるが」

「馬鹿を申すな。この老いぼれには後悔しかないわ」

自嘲するように寂しげに笑った爺様を、藤太の目が瞬きもせずに見つめている。待っているのだ。

爺様は、かすかに身を震わせた。老いぼれの話を、火の神様が聞きたがっている。

「おれが二十二のときに、殿様が流行《はや》り病で死んだ。主を失ったおれは、すぐに別の主に仕官したが、その家も潰れた。それ以来、三十年を浪々の身だ」

細長い枝で火鉢の炭を掻き回しながら、爺様は喋った。

「人には器量というものがある。おれには安重《やすしげ》様や義基様のように人の頭になって生きることは思いも寄らぬ。この地の武士は、誰も彼もが領地を切り取り合っているかのように見えるが、みながそういうわけではない。誰かの下で働くのが性に合う、おれのような者もいる」

小五郎もそうだろう、と爺様は言った。才覚のある男だが、家来でしか生きていけぬ性分だ。

「おれのような者は、どういう主に仕えるかで一生が決まる。ところが、その主を二度も失った。だから今度こそは、立派な主に仕えたいと思った。そう思うと、どの主にも不満が出てくる。あの主には武士の誇りというものがない。別の主は金に細かい。そうやって選《よ》り好みをしているうちに、いつの間にか年を取った。気がついたら五十を超えて、この有り様よ」

はははは、と爺様は笑った。力のない笑い声が風に運ばれていった。

「日が暮れて夜具に潜り込むと、泣き出したくなる。ときに死にたくもなる。どうして選り好みなどしたのかと悔やまずにいられなくてな。武士の誇りがなかろうが、金に細かかろうが、禄をもらえればそれで十分だと、どうしてあのときに思わなかったのだろうと歯嚙みをする毎日だ。実に情けない」

火鉢を掻き回す枝の先で、小さな炎がぽっぽっと燃えた。

「選り好みなどせずに我慢して仕官しておれば」

爺様は炭を掻き回している。

「今頃はつましいながらも家を持ち、妻《めと》を娶り、子に囲まれ、あるいは孫を抱いていただろう。人並みの幸せを手に入れることができたはずよ」

そう思わんか、と爺様は言った。頭が深く垂れて、顎が胸につきそうになっている。

「おれは馬鹿だ。どうして何もかもが手遅れになるまで気がつかなかったのだろう」

爺様は、無理矢理に笑顔を作ると顔を持ち上げた。その声は泣いている。

「爺様」

藤太は、口を開いた。

顔を両手で擦ってから、爺様は、何だ、と言った。慰めの言葉をかけるか、と緊張した。それは御免だった。下手な慰めは、己の哀れを笑われるのと同じだ。やや構えながら藤太を見上げた。

「湯が沸いている。爺様の旨い茶を飲ませてくれ」

爺様は頬を濡らしたまま、笑った。声を上げて笑い出した。

火の神様は、年寄りを喜ばせるのがことのほか上手いわい。

「お主は神様だから話せるが」

「おれは神ではない」

「いいや。手から火を放つなど、人にできることではない」

爺様は茶を淹《い》れながら話した。

「武士の世からはぐれると、愚痴を話す相手にも事欠く。おれは人の世からもはぐれかけている。普通に生きても、まことの話し相手に恵まれることはそうはあるまい。無論このおれが、己をわかってもらえる相手に巡り会うことはあるはずがないと思っていた」

ところがだ、と爺様は言う。この城で神様に出会えた。この年になって、こんな果報に恵まれるとはな。

「人には話し相手が必要か」

藤太は、差し出された茶碗を受けた。

「たとえ神様でも、一人では生きられまい」

「親父が死んでから、話し相手がいない」

なら、おれがいる、と爺様はわずかに胸を張ったが、藤太の視線は爺様ではなく城の南を向いた。その先に義基の娘の館がある。やはり牢人よりも殿様のほうが良いか、と爺様は義基に嫉妬を覚えた。

「義基様にも困ったものよ。血のつながりがないとは言え、娘の伽那様を抱いているのだからな」

藤太の顔色が変わった。

ひょっとこの顔が険しくなった。その表情の変化で、爺様は藤太が伽那に懸想していることを知った。藤太の気持ちが向いているのは殿様ではなく、娘のほうだと気づいた。

しまった、と今の言葉を悔いた。が、遅い。

藤太の手のひらに銀杏の黄色い葉が舞い落ちた。藤太はその葉を握り潰した。

「ただの噂だ」

爺様は、急いで打ち消そうとした。

「娘と同衾《どうきん》しているという噂を耳にしただけだ。本当かどうかはわからん」

このままでは拙《まず》い、と焦りながら喋り続けた。

「もともと義基様は女に締まりがない。だがな、おれは観念した。そういう女たらしでも仕官させてくれるなら仕えようと決めた。自分の一番の望みを捨て、二番目も三番目も諦めて、この城に入った。義基様が雇うてくれるのなら家来になろうと思っている」

一息に言った後で、爺様は身体が縮むような溜息を吐いた。

「だがのう。そこまで覚悟を決めたつもりでもだ。どうにも義基様には馴染めそうにない」

爺様の言葉が途切れた。しばらくして口を開いたときには声が沈んでいた。

「そういうことを言っておるから、おれは駄目なのだ」

草臥《くたび》れた顔で爺様は藤太を見た。

「銀杏の葉は燃えぬ。燃やしてしまおうと山と積んでも、この葉は燃えない」

藤太は、地面に捨てた黄色い葉を眺めている。

「神様にも燃やせぬものがあるか」

「世の中も同じだ。おれの手には負えぬものばかりだ」

「お主は、自在に火を起こす神様ではないか」

「神ではない」

藤太は、手のひらを開いた。指の間に小さな木っ端が挟んであった。

「これには燃える土が塗《まぶ》してある。この木っ端を摺《す》り合わせて火を熾《おこ》した」

ほう、ほう、と爺様は目を丸くした。

「目を凝らして見ていたが、まったく気がつかなかったぞ」

「ただの一度も人に見られたことがない」

「それほどに習熟しているのなら、神様でなかろうともたいしたものよ」

ならば自信を持たねばならん、と爺様は言った。

「殿と張り合って、伽那様を奪えば良いではないか」

「爺様。おれは、この顔だ。そんなことができるはずがあるまい」

「諦めるのか？」

「おなごに声をかけるたびに笑われた。大勢の前でおれの顔を指さして、ひょっとこの面《めん》を外したら抱かれてやると言ったおなごもいた。みなが腹を抱えて笑った」

「それで、どうした。笑った奴らを燃やしたか？」

「違う」

藤太は右の手のひらを額に当てると、そのまま顎の下まで顔を撫でた。藤太の顔が炭の粉で真っ黒になった。黒い顔の中に曲がった鼻と口が消えて、青白く目だけが光った。

爺様は黒く塗り潰された藤太の顔を見つめていたが、やがて深く頷いた。

「それでも諦めてはならん。世の中は広い。お主を恋しいと思う女が必ず見つかる。これは慰めではないぞ。本当の女は、男の器量に惚れるものだ」

「なるほど。爺様に励まされると気が晴れる。おれにも話し相手が必要らしい」

「いやいや。つい出過ぎたことを口にした」

まんざらでもない顔つきで、爺様は手のひらを左右に振った。

「爺様。あの雲は雨を降らすのか?」

藤太は、炭の粉で黒く染めた顔を西の空に向けた。

「お主、雨が嫌いか」

爺様は額に手をかざして、西の空に浮かんだ黒い雲を眺めた。

「なあに、あの雲ならひどい降りにはならん」

「おれは、静かに降り続く雨も嫌いだ。どこかで誰かがすすり泣いているような気がする」

「泣いている、か。奇妙なことを言う男だ」

「好きな焚き火もできない。雨が降り続いた後に親父が死んだからかもしれん」

だとすると、と爺様は言った。

「雨の中で泣いているのは、お主かもしれぬの」

藤太の黒い顔が、今度はじっと爺様を見つめた。

茶を飲み終えると、顔の炭を拭った藤太と二人で、爺様は城内を歩いた。

城の中心から見ていくと、中央の館の外に渡良瀬川の水を引き込んだ水堀がある。これは幅が狭くて、守りとしての用をなさない。そのために野田安重は爺様の進言を受けて、その外側に空堀を二重に掘らせていた。

「遠い昔の話だ」

爺様は、城を案内しながら藤太に話した。爺様は築城に詳しく、工事の采配を任されている。

「天慶《てんぎよう》三年（九四〇）に、平将門《たいらのまさかど》公がこの地に空堀を掘った。空堀に杭《くい》を敷き詰め、北から寄せてくる平貞盛《さだもり》、藤原秀郷《ふじわらのひでさと》公と戦をした」

爺様は片膝をつくと、地面に手のひらを当てた。

「ここで戦ったのだ」

将門公の温《ぬく》もりが残っているような気がして、爺様は地面を愛《いと》おしそうに撫でた。

立ち上がった爺様は、若者には無縁な話だ、と笑った。

「おれがここに空堀を掘らせるのは、昔の戦に倣《なら》っているからよ。とてもとても鎌倉の大軍を食い止められるとは思っていない」

爺様は、肩を落とした。

「天慶の折は将門公の軍が六万。貞盛、秀郷公の軍が四万だ。城を守る側が多い戦だった。此度《こたび》は、寄せてくる鎌倉勢は十万に迫る。守るこちらは、三百だ。百の堀を拵えたところで蚊帳《かや》ほどの働きもできまい」

空堀を渡り、土塀の門を出ると、関東の平野が広がっている。森と田畑が入り組むように重なりながら、見渡す限りを覆っていた。古河の地は関東平野の中央にあり、盆を伏せたように平らな地面がどこまでも続いている。周囲の田畑は打ち捨てられていて、背丈の倍ほども伸びた葦が密生したままに立ち枯れていた。綿毛が半ばなくなった蒲《がま》の穂が、一本だけ残っていた。どっと風が吹いた。葦が一斉になびいた。

「良い風だ」

藤太は蒲の穂を解《ほぐ》して、固くなっていた綿毛を空に飛ばした。

城から三町ほど離れた地面が、なだらかに盛り上がっている。

盛り上がるといっても、せいぜい人の背丈ほどだが、それでも盆を伏せたような平らな地形の中では十分に高い。遠い昔に砦《とりで》があったところで、その当時に土を盛ったままに残っている。葦が密生して、足を踏み入れる隙間もなかった。その中に数本の橅《ぶな》が枝を広げていた。

「ここが、本陣だ」

藤太は、蒲の穂で数間四方《すうけんしほう》を示した。

何のことかわからずに爺様は藤太を見た。

「鎌倉の上杉憲信は、ここを本陣にする」

ああ、なるほど、と爺様は頷いた。

「言われてみれば、その通りだ。ここからなら城を一望できるし、号令もかけやすい」

あるいは、と爺様は遠い目をした。

「秀郷公も、ここに陣を構えたかもしれん」

「人手を集めて、ここの葦を刈り取ったほうがいい」

藤太は葦を分けて、高みの様子を眺めた。

「刈り取る？」

爺様は訝《いぶか》しんだ。城の防壁の工事だけでも手一杯だというのに、ここを刈り取る必要があるのか、と思った。

「平らにならしておけば、本陣を構えやすいだろう」

「だから、どうしてそんなことをするのだ。鎌倉の手伝いをするようなものだぞ」

この男は、ものを燃やすことには長けているが、城を守ることにはとんと疎いか、と爺様は眉を顰めた。そうでなければ、相手の手助けをするようなことをしろと言い出したりはしまい。爺様の目に見上げるほどに大きく映っていた藤太の姿が、心なしか縮んだように見えた。

「敵の本陣の場所がわかっていれば、戦がし易い」

これには爺様も驚いた。戦をするのに敵陣の位置をこちらで決めるなどという話は聞いたことがない。それだけではなかった。刈り取る葦は大変な量になる。

「刈り取った葦は、どうするつもりだ？」

「城内に、葦を捨てるのに丁度良い空堀がある」

「空堀に捨てると言うのか」

爺様は、風に吹かれて赤くなった鼻から荒い息を吐いた。せっかくに掘り終えた空堀を枯れ草で埋めるなど、阿呆《あほう》の極みだ。

「そんなことをしたら空堀を渡る手助けをするようなものだぞ。鎌倉勢が怒濤《どとう》のように空堀を越えてくる」

「この風の中で焚き火がしたい」

藤太は、蒲の穂の綿毛を風に飛ばした。

「そんなに焚き火が好きか」

「焚き火をすると嫌なことを何もかも忘れられる」

藤太の言葉には、己を嘆くような湿り気が混じっていなかった。泣きたいことを山ほど抱えていても、この男はからりと乾いている。

「そういうものなら」

爺様は、そばの葦を折って風に飛ばした。

「おれも、焚き火に当たってみるか」

そこまで言って、あっと声を上げた。

もし、と思った。思うそばから爺様の身体が震えだした。もし葦で埋め尽くした空堀を鎌倉勢が渡ってくるときに、その葦に火が付いたらどうなるだろう。鎌倉勢は火に煽《あお》られて逃げ惑うか。否、と爺様の心が跳ねた。目の前にいる男は火の神の如くに自在に火を操るのだ。となれば、それ以上のことが起こるに違いない。

爺様は、風に吹かれている藤太を眺めた。

藤太は風に向かって、蒲の穂の綿毛を飛ばしている。子供が無邪気に遊んでいるように見えた。だが見方を変えれば、慎重に風の向きと強さを計っているようにも思える。

これは、と息を呑んだ。

もしかすると、火の神が炎を吹くやもしれぬ。

爺様の胸に、熱水のようなものが湧き出していた。どこか懐かしく、遠い昔に忘れた、風に向かって大声で叫び出したいような胸の震えだった。五十を過ぎた身体が、風の中を駆け出したくてうずうずし出している。

どういうことだ？

爺様は半ば狼狽《うろた》えながら、自分の顔を手のひらで撫でた。見上げると、高い空を大きな雲が流れていく。轟々《ごうごう》と音を立てて、空の高いところを雲が転がっていく。

爺様は目を丸くして空を眺めた。雲が奔《はし》る音を生まれて初めてこの耳で聞いた、と思った。

そう思った途端に、爺様の心の中で見慣れたはずの風景が、一変した。風になびく葦も、風に飛ぶ白い雲も、遠くに見える茅葺《かやぶ》きの家までもが爺様の目に新鮮に映った。蒲の穂から次々に風に乗って飛んでいく綿毛が、日の光に輝いている。

やってみるか、と爺様は呟いた。思わず、そういう自分自身を声を上げて笑った。

爺様は、藤太を眩しそうに見つめた。

この男は、人の心にも火を点けるか。

爺様は駆け出した。

年甲斐《としがい》もない。

そう思ったが、自分を抑えられなかった。

「爺様。どこへ行く」

後ろから藤太が呼んだ。

「葦を刈り取る。人手を集めるのよ」

火照る頬を風に向けて走った。

その夕刻。

矢部義基が城を出ようとしたときに、野田安重が向こうから歩いてきた。双方ともに護衛の家来を五名ほど連れている。いつもなら二人が鉢合わせしそうになると、どちらからともなくそっぽを向いて通り過ぎるのが常だったが、この日に限っては違った。安重が扁平な顔に薄笑いを浮かべて義基に歩み寄ってきた。

「姫君は御健勝かな」

安重は、痘痕面《あばたづら》を緩ませた。

「お陰様にて、右馬允様の御加護によって雨風を凌《しの》ぎ、健やかに過ごしておりまする」

義基はやや腰を屈めた。表情が硬い。

「いやいや、頭を下げる必要はない。この城での大炊助《おおいのすけ》殿は城主も同然と言ったのを忘れたか」

安重は、表情に乏しい顔を精一杯に緩めている。

義基は再び頭を下げると、上っ面の笑みを浮かべただけで歩き去ろうとした。

「ところで大炊助殿。例の奇妙な顔の男を召し抱えたと聞いたが」

「まだ召し抱えたわけではありませぬ。ただ間もなく始まる戦のためには、兵力は一人でも必要かと。それに彼《か》の者は」

「何だ？」

「城の火伏せのお守りになるかと」

「ほうほう。へっついだけでなく、城まで守るか」

「右馬允様のお気に召しませねば考えを改めまするが、彼の者がいれば、伽那も安心だと申しておりますので」

「姫が？」

「ここでの暮らしは窮屈でござる。あの顔を見ると日頃の胸のつかえがまぎれるのでござろう」

「姫が喜ぶなら雇うてやれ。何事も、お主の好きにすればよかろう。おれの許しなど気にするな」

のう、大炊助殿と勢いに乗ったように安重は顔を近づけた。

「姫は、おれのことを何か言うてないか」

「それはもう毎日のように」

義基は、己の言葉が平板になるのを禁じ得ない。

「たまには、おれの館へ連れてくるが良い」

安重の目も笑っていない。

「伽那もそう願っておりまする。この城で遠慮することは何もないぞ」

「忘れるなよ。近いうちに必ず」

安重は平たい鼻の穴を正面に向けたまま、荒い息を吐いた。

「あるいは大炊助殿は、それがしの義父になる御方でござるからの」

「有り難きお言葉でござりまする」

深く頭を下げてから、義基は家来を引き連れて歩き出した。


その夜、伽那の館で矢部義基が待っていると、御坂小五郎が藤太を連れてきた。

藤太は相変わらず真っ赤な縕袍《どてら》を着込んでいる。

来た来た、と義基は両手を揉み合わせた。膳には馳走《ちそう》を並べてある。義基はすでに十分に酒を呑んでいた。

「旨い酒だぞ」

義基は徳利《とっくり》を持ち上げて藤太の杯に注いだが、藤太は手を伸ばさない。

「酒は嫌いか？」

義基は、下から見上げるように藤太を見た。

「嫌いではない」

「なら、飲め」

「酔って、父に叱られたことがある」

「どうされました」

藤太の背後に控えている小五郎が聞いた。

「山をひとつ、失《な》くした」

「山を失くした、とはどういうことだ」

赤ら顔の義基は、楽しそうに口元を緩めた。

「手から零《こぼ》れた火で焼いてしまった」

だから、と藤太は言う。

「迂闊《うかつ》に酔うと、この辺りに人が住めなくなる」

徳利を持ち上げたまま、義基はげらげらと笑った。愉快だった。昨今のせちがらい世の中で、こういう法螺《ほら》話は滅多に聞けるものではない。顔中を口にして笑い転げた義基は、杯の酒を開いた口に流し込んだ。今夜は、酒が旨い。

「お主が城にいてくれれば鎌倉勢に勝てよう」

「無理だ」

藤太は、即座に答えた。

「山を焼いてしまうのにか?」

「十万の兵には勝てぬ。城を諦めて逃げたほうが良い」

「それだけはできぬわ」

城を諦めろと言われた途端に、義基の心は水を浴びせられたように冷えた。そのわけを考えるよりも先に舌が動いている。

「古河の城はな、館は小さいが、近郷近在の者がことあるごとに仰ぎ見る。城というものは城の主そのものなのだ。すなわち城の主を仰ぎ見るのよ。今は、野田安重がそれだ。あの胡散《うさん》臭い安重でさえ、道を歩けば、あれが城主様だとみなが畏《かしこ》まり、道を空ける。常に安重が一番の上座に座る、ということよ」

「座る場所が、大事か」

「お主は若い。わしの気持ちはわかるまい」

そこまで言って、慌てたように義基は酒を身体に流し込んだ。酒で己の口を塞いだ。目の前の奇妙な顔をした男に、腹の中を話してしまいたいという誘惑を覚えたからだった。目の前に座っている男に好奇心が抑えきれない。

山を焼いたか。

話すことも面白い。浮世離れしている。酒の酔いが加勢したのか、ひょっとするとこの男は、小五郎が言うように人とは違う生き物かもしれぬ、と思えてきた。そう思うと、さらに酒が旨い。人ではない。ひょっとこなのだ。

良いではないか、と心の中でもう一人の義基が舌足らずの声で笑っている。

話してしまえ。

「小五郎、席を外せ」

小五郎を座敷から追い出すと、義基は藤太を手招いた。

「公方様でなくてもだ、鎌倉管領《かんれい》は十万の兵を動かす。その兵の数、財力、権力は羨ましい限りだ。一番とは、あれのことだ。あれこそ、男の夢よ。若い頃は、わしも夢を見た。一番になり、何万という兵を動かし、この国を睥睨《へいげい》する夢をな。ところが、うつつと夢は違う」

義基は、大きな溜息をついた。

「城ひとつ持つこともできずに還暦を過ぎた」

藤太は、石よりも静かに義基を眺めている。

「わしは、ここから西へ十里ほどのところで生まれた。物心がついたときから、折に触れて古河の城を眺めた。夕陽に照らされ、川面に映る姿は実に美しい。今のわしの夢はささやかなものよ。死ぬまでに一度で良い。あの城の主になりたい。それだけだ」

義基は、杯を放り出した。

「十万の兵、矢部大将軍、そういう夢は全て潰《つい》えた。何もかもな。だからこそ、せめてあの美しい城だけは手に入れたい。この世の王になるという壮大な夢の代わりが、あの小さな城というわけだ。あの城を手に入れることが、この小さな国の一番になることだからな」

くっくっと義基は喉の奥で笑った。

「小さな夢よ。猫の額の半分もないわ」

徳利をつかみあげた義基は直《じか》に口に酒を流し込んだ。

「あの城をこの手に載せられるなら、命を引き替えにしても良いと思うている」

「安重様を斬るか」

「馬鹿を申すな。安重も用心はしている。あれの家来は、わしの倍以上だ」

「では、どうやって取る」

「乱れを待っている」

「鎌倉だな」

「そうだ。家来の数が少ないわしが城を取れるのは、乱れの中だけだ。賽《さい》の目が急に変わる。それを待っている」

義基は、真っ赤になった顔を藤太に向けた。脂肪が貼りつき、目の周りも頬もとろりと垂れている。その顔が、小さく笑った。

「安重がこれから何をするか、わかるか？」

「鎌倉勢が攻めてくる前に逃げる」

藤太は、昨日の天気の話をするように答えた。

「わしも、そう見ている」

義基は、大きく頷いた。

「安重様の後まで残っていれば、城が手に入るのか？」

「そう簡単ではない。安重には足利《あしかが》からこの城をもらったという名目がある」

「では、どうする」

「野田が逃げた後で、鎌倉と一戦交える。それで、わしの名を轟かせる」

「義基様は戦をしたことがあるのか？」

「一度もない。二十年ほど昔に、父と二人で城を落ちた。刀を交えることもなく逃げた。それだけだ。だからこそ此度は戦いたい」

義基は、正直に言った。

「家来を殺すことになるぞ」

「悪いか」

義基は酒を呷《あお》った。

「敵将の首を取れば、どうだ」

静かに義基を見つめながら、藤太は聞いた。

「敵将の？」

「鎌倉の大将上杉憲信の首を取れば十分だろう」

「そりゃあ、そうだ。大将の首を取れれば、城に籠もって戦う以上の褒美となろう。それができれば、城を落ちてもわしの心は曇るまい」

義基は、からからと声を上げて笑った。ひとしきり笑うと、義基はとろりとした目を藤太に向けた。

「できるわけがあるまい。憲信は十万の大軍の中央に陣取るのだぞ」

「なら、諦めたほうが良い」

「のう、ひょっとこ。喉から手が出るほど欲しいものが目の前にあるのだ。蓬萊《ほうらい》の桃ではない。ちっぽけな城がひとつだ。わしは、なんとしても欲しい」

義基は、泣くような声を漏らした。

「大将の首は取れなくても、わしの名を揚げるような戦をしてのけたいのだ。何としても鎌倉勢に一泡吹かせてやる。できれば百や二百の兵を殺したい。とにかく、わしの名をこの地に鳴り響かせたい。古河城の主矢部大炊助義基を天下に知らしめたいのだ」

義基の声が濡れた。思わず涙が零れそうになった。義基は酔っている。酒以上に己の言葉に酔った。

良い気分だった。途方もない夢を滔々《とうとう》と語り、できもしない妄想を広げる。若い頃はよくしていたが、いつの間にかこの楽しみを忘れた。口から出た言葉に酔い、その言葉に己自身が振り回され、夢が際限なく膨らみ、夢とうつつの垣根がわからなくなる。義基は、そういう自分を久しぶりに楽しんでいる。

「どうせカゲロウほどの一生なのだ。ひとつくらい夢を叶えても罰は当たるまい。このまま何もできずに死んでは、この世に生まれてきた甲斐がないわ」

義基は、藤太の前にあった徳利をつかみあげて酒を呑んだ。口から溢れた酒が畳に零れた。

「年寄りの最後の夢だ。何としても叶えたい」

「義基様はそれでいいだろうが、付き合わされる家来たちは可哀想だ」

「家来か」

赤ら顔の底から、いつもの義基の顔がわずかに覗いた。飲み過ぎたか、と思った。こやつと話すのは楽しいが、そろそろ綱を掛けねばならない。小五郎は、城の守りにひょっとこが必要だと言った。小五郎にも含むものがあることは、無論気がついている。それをわかった上で、義基は小五郎の進言に乗ろうと思った。

「目の前にその城があるのに、それを手に入れられぬ悔しさがわかるか？」

「わからないでもない」

藤太が襖《ふすま》に視線を向けた。無意識にしたことだったが、義基は見逃さなかった。伽那だろう。

わしは喉から手が出るほどに城が欲しいが、こやつは伽那に手が届かない己に歯嚙みしているというわけだ。ひょっとこそっくりの顔の底で、悔しさを押し殺している。哀れな話だ。たかが女一人、と義基は思う。が、すぐに人の世とは滑稽なものよ、と苦笑した。安重がここにいれば、わしを見て、たかが城ひとつと笑うであろう。だかが城ひとつを取れずに年老い、歯嚙みしていると笑うだろうて。

人というのは、実に面白い。

ある者には簡単に手に入るものが、他の者には一生かけても手に入れられぬことがある。それが手に入れられぬとなると、身悶《みもだ》えをするほどに欲しくなる。安重は安重で、わしやひょっとこが簡単に手に入れるものを、手に入れられずに歯嚙みしているに違いない。それが人の世だ、と義基は思う。わしには、城。ひょっとこには、伽那。

「お主にも、是が非でも欲しいものがあろう」

「やりたいことがひとつ、ある」

「何だ?」

「京の都を焼いてしまいたい」

あはは、と義基は笑った。

「そんなことができるか」

「おれ一人の手では足りぬかもしれぬ」

藤太は、真剣に首を傾げた。

「お主、それを一人でやろうと考えているのか?」

「親父にも止められた。別のものを望めと言われた」

藤太が隣の座敷に通じる襖を見た。襖はぴたりと閉まっている。その奥で伽那が息を殺して待っている。

「可愛い嫁を見つけて静かに暮らせ、と親父は言った」

「嫁か」

網に入った、と義基は思った。

伽那をやる。その代わりに城に残り家来たちと共に戦え。それが藤太を搦《から》め捕る網だが、義基はそうは言わない。そう言えば逃げられることを知っているからだ。あからさまな仕掛けは魚に嫌われる。

「安重は、女好きだ」

静かに網をすぼめにかかった。

藤太は、義基の話に耳を傾けている。良い姿だ、と義基は惚れ惚れと眺めた。滑稽な顔をしているが、迷いのない目で、真っ直ぐにおれを見つめてくる。耳を傾けてくれる。つい、この男に何もかも話してしまいたくなる。だがその気持ちを堪えて、苦々しい表情を作った。

「その女好きが、娘の伽那を側女《そばめ》に欲しいとうるさくてな」

その話自体は本当だった。城に入るときに、義基は手土産として伽那を安重に差し出している。娘の伽那を古河の城に入る餌にした。その一度だけ抱かせたが、安重が伽那を気に入ったとわかると、竿《さお》を水面から引き上げるように伽那を遠ざけた。以来、安重は伽那を側女にしたいと言い続けている。

「安重は伽那を欲しいと言っているが、伽那の気持ちがわからん。こういうことは父親には無理だ」

そこでな、と義基は藤太に顔を近づけた。

「伽那は、お主を大層気に入っている」

大層という言葉に力を籠めた。義基は撒《ま》き餌《え》を散らした。

「どうだろう。お主が、伽那の気持ちを確かめてくれぬか」

「しかし」

藤太は、また襖を見た。まるで魚が餌を突《つつ》いているように義基には見える。

「伽那様は父親を慕っていると聞いた」

父親のわしをか、と義基はひやりとした。

「確かに、そういう噂がある」

今の言葉で、娘との関係を知られていることに義基は気づいた。まずい、と思ったが、ここで嘘をつくわけにはいかなかった。ここで嘘をつけば、全てが壊れる。義基には、それが骨の髄までわかっている。正直に頭を下げた。

「可哀想な娘だ。いろいろなことがある。わかっているのは、父親のわしには伽那を幸せにすることはできんということだ」

頼む、と義基は額を畳に擦りつけた。義基の顔から傲慢が引っ込み、不安に苛《さいな》まれる顔になった。

「伽那の気持ちを確かめてくれ」

襖が開いた。

奥の暗闇から伽那の白い顔が浮かび上がった。伽那は襖に手を掛けたまま藤太を見た。が、すぐに身を翻《ひるがえ》して暗い座敷に姿を消した。花の香りが残った。

「伽那を頼む」と義基は言った。

そう言いながら、義基の心の中には娘を抱きたいという欲望が沸々と込み上げていた。今すぐに捕まえて縛り上げ、あの華奢《きゃしゃ》な身体に己の欲望を吐き出したかった。

そう思ったが、その気持ちを藤太に覚られぬように顔を徳利で隠した。さらに酒を呷った。徳利を盆に置いたときに、目の前に座っていた藤太の姿が消えていた。

伽那を追って行った。

わしのものになるか。

義基は、口の端で笑った。

ひょっとこのことではない。

義基は、城に立つ己の姿を夢想している。

伽那は、裏庭に面した濡れ縁で待っていた。

座敷の灯りが消されている。そのせいか、月明かりに照らされた裏庭が思いの外に明るい。濡れ縁の端には、下女のはるが静かに座っていた。

背後から静かな足音が近づいてきたと思っていると、隣に藤太が腰を下ろした。月明かりに照らされて藤太の横顔が浮かび上がる。鼻筋が大きく曲がっているのがわかるが、伽那には愛くるしく思えてならない。この御人の顔はいつまで眺めていても見飽きそうにない。

「あのときは楽しかった」

伽那は、遠い思い出を懐かしむように話した。

藤太は黙ったまま静かに息をしている。

「鴻巣《こうのす》の森で鎌倉の武士たちに襲われたときに助けてくれて、雷様におんぶされて館に帰った。あんなに楽しいことは初めて」

「でもあるまい」

藤太は、短く返事をした。

「どういうこと?」

伽那は、ぼんやりとした視線を藤太に向けた。

「伽那様の気持ちを聞いてくるようにと父御《ててご》に頼まれた」

伽那は、黒々とした目で藤太の横顔を見つめた。胃の腑に氷を詰め込まれたように身体が冷える。わかった、と沈んだ声を洩《も》らした。

「聞いたのね」

藤太は無言で庭を眺めている。

「父とのこと」

伽那は横を向いた。横を向いたまま喋った。

「父と私の」

縁側に座っている藤太は、真っ赤な褞袍の袖に両手を入れた。伽那様、と言った。

「伽那様は鎌倉兵に拐《かどわ》かされたと言ったが、そうは思えぬ。第一、供も連れずに行く理由がない。ならば、どうして一人であの森に出かけたのか」

伽那は思わず顔を伏せた。

「あんな場所へ一人で出かける理由がなかろう」

だから？　と伽那の唇が震えた。何？

「死のうとしたな」

伽那は、目を大きく開いた。開いても涙が零れそうになる。雷様は何もかも知っているのだ。

「わざと鎌倉の兵に捕まったのだろう」

伽那の首が深く垂れた。自分の頭がひどく重く、顔を上げようと思っても持ち上がらない。

「何もかも嫌になって死のうと思った。鎌倉勢に捕まったのは望み通りだ。父御の女にされ、ときには別の男を囲い込む餌にされる。死にたくなるのもわからないではない」

夜空を奔ってきた雲が月を隠した。庭にも、座敷にも闇が満ちた。お互いの顔も見えなくなった。

「あのとき、助けなかったほうが良かったのか」

伽那は、首を横に振った。違います、と言いたかったが言葉にはならなかった。

「こうしてまた、新しい男の餌にされる」

伽那は激しく首を振った。

「父御は、伽那様を餌におれを釣ろうと考えている。ひどい話だ」

「私は、雷様に会えて嬉しい」

溢れる涙の中を言葉が流れる。

「その雷公《らいこう》を囲い込むように、父御に命じられてもか」

「そんなことは無駄です、と父に言ったの。雷様は何もかもお見通しですと言ったのに。でも父は笑ったまま私に命じた。雷様を味方につけろと」

涙を拭ってから、伽那はようやく顔を上げた。周囲は暗闇に包まれ、その中に自分一人が取り残されているような気がした。

「ここの御城に雷様がいては駄目。父も野田様も、雷様を利用しようと手ぐすね引いているんだから」

「らしいな」

藤太は、縕袍の中から両手を出した。その手を合わせて軽く擦った。藤太の手のひらに、小さな炎が点った。その炎で暗闇に包まれていた庭先が明るく輝いた。伽那は目を見張った。

きれい。

藤太が炎を投げた。一寸ほどの丸い炎が鞠のように庭を転がっていく。濡れ縁の隅に座っているはるも、驚きの声を上げた。ひととき地面の上で燃えさかった炎は鳳仙花《ほうせんか》のように弾けて消えた。

「伽那様は、これからどうする？」

「ここに残る」

地面の上で、炎の残りが柔らかく光っている。息をしているように見えた。

「残れば死ぬぞ」

「それが望みだもの」

藤太は、もう一度炎を投げた。今度は青い色の炎が燃え上がった。庭の向こうまで転がっていくと、青い火花を発した。

「死んではならん」

「生きていても楽しいことはひとつもない」

そう言ってから、ひとつだけありました、と伽那は言った。

いる。

「父親に、そう言えと言われたか」

違う、と言おうとしたが、言葉の代わりに涙が溢れた。雷様は、何もかもわかっている。

「その通りよ。父にそう言えと命じられたの」

伽那は、子供のようにしゃくり上げながら話した。

「でも違うの。私は、雷様におんぶしてもらったことが本当に嬉しかった」

「父御がおんぶしてくれるだろう」

いけない、と思ったが、伽那の手が勝手に藤太の頬に飛んだ。でも雷様なら避《よ》けられるはず、とも思った。違った。伽那の手は藤太の頬を叩いていた。雷様は逃げなかった。瞬きもせずに伽那を見つめていた。狼狽えながら引っ込めた手が痛い。

叩かれたのは私だ、と思う。

「私は、喜んで父に抱かれたことなんかない。いつもいつも、地獄に堕《お》ちる気持ちで耐えているの」

「済まぬ。言ってはならぬことを口にした」

藤太が頭を下げた。

ごめんなさい、と伽那も謝った。声を上げて泣いた。

「他へ行く当てもなく、逃げ出すこともできず、屋敷にいれば光のない穴蔵に閉じこめられているのよ。どこにも出口のない苦しさは雷様にはわからない」

伽那は泣き続けた。

「わかるさ」

泣き腫らした顔を伽那は上げた。

「おれの父も、祖父も、曽祖父も暗い穴の底で生まれ、穴の底で死んだ。おれも長い間、穴の底で暮らした」

「私、雷様は雲の上で生まれたとばかり」

「おれは雷様ではない」

藤太の手のひらに赤い炎が生まれた。

「おれは、穴の底で生まれた蚯蚓《みみず》だよ」

藤太が投げた光が庭で跳ねた。

「蚯蚓は目もなく、鼻もなく、耳もなく、ただ土を喰って生きるだけだ。蚯蚓が何を考えているのかわかるまい。蚯蚓に望みというものがあるのか。蚯蚓に命を賭す仕事があるのか」

藤太は、ほんの少し笑った。

「おれは蚯蚓と同じ場所で生まれ、同じように育った。望みもなく、成すべき仕事もない。友もなく、泣くこともなく、奔ることもなく、穴の遥《はる》か上に見える小さな空だけを眺めて育った。おれは子供の頃、自分は蚯蚓だと思っていた。本当にそう思っていたんだ」

藤太の左手の指先に火が点った。

「だから蚯蚓を捕まえて、お前は何を考えているんだ、と聞いてみた」

「蚯蚓が答えた？」

「蚯蚓に耳がないのを忘れていた」

伽那は、つい笑いを誘われた。濡れた頬が緩んだ。

「あるとき、不意にわかった。蚯蚓はこの世に生まれてきたことを呪っている。別の生き方が幾らでもできる己の命を、よりにもよって地の底に押し込め、目も鼻も耳もない姿にして、暗闇の中で生き、暗闇の中で死んでいく。そういう姿にされたことを呪っている」

「どうして蚯蚓が考えていることがわかったの」

「おれが、そう考えているからだ」

「雷様が?」

「おれが蚯蚓と同じなら、蚯蚓もおれと同じだろう。蚯蚓とおれは同じ生き方をしている。だったら、おれと同じことを考えるはずだ、と思った」

では、と伽那は聞いた。

「神様を憎んでいるの?」

「おれの一族を地の底に落としたのは神様じゃない」

藤太は黙った。黙ったまま、手のひらを軽く振った。青白い光が零れ落ちて、足下で弾けた。周囲が明るく輝き、藤太の顔が青白く浮かび上がった。

「昔、唐《もろこし》がこの国を攻めてきたときに、この炎を使った」

これが発する音と炎はこの国を震え上がらせた、と藤太は話し出した。

武家も驚いたが、朝廷も腰を抜かした。恐れ戦《おのの》くと同時に、喉から手が出るほどにその炎を欲した。幸運なことに捕虜の中に、これに詳しい者がいた。その捕虜を手に入れたのは、武家側ではなく朝廷のほうだった。朝廷は、その炎でこの国を牛耳ろうとしている武家の手綱を握れると考えた。この炎があれば、兵法など知らぬ者でも多くの者を殺すことができる。武士をも殺せる。捕虜から製造法を聞き出した朝廷は、すぐに製造を進めようとした。ところが材料が揃わない。

「足りないものはどうしたの？」

伽那は、話の続きが気になって仕方がなくなっている。先ほどまで泣いていたことなど、すっかり忘れてしまった。

「武家に知られぬように、国中に人を飛ばして見つけようとした」

検非違使から人を選び、あるのかどうかもわからないものを見つけろと命じた。それを一日でも早く手に入れようとした朝廷の命令は、過酷なものになった。選ばれた者たちは命令と同時に官位を落とされ、持っていた田畑を取り上げられた。無事に見つければ官位を戻し、山ほどの褒美を与えるという話だが、つまりは見つけるまでは帰ってくるなということだった。

「そんなことは止めて逃げちゃえば良いのに」

「最初の十年で、ほとんどの者が逃げた」

逃げ出した大半の者は路頭に迷い、飢えて死んだ。地方の検非違使にまで逃げ出した者の名が回されてしまうと、逃げ場所はない。検非違使までした者が武家に頭を下げ、彼らの田畑を耕して禄をもらう生き方もできまい。また逃げたとわかれば、親類縁者までが罰を受ける。逃げられぬようにがんじがらめにされていたのだ。

「おれの先祖だけが探し続けた」

「雷様の御先祖様は真面目なのね」

「都から隠れて地べたを這《は》いずり回るような暮らしをするよりは、一か八《ばち》か、宝探しを続けてみようと考えただけだ。欲に目が眩《くら》んだのさ」

藤太は、また青白い光を投げた。

「それがどこにあるのかもわからなかったから、地べたを歩き回り、そこら中を掘った。穴掘りというのは不思議なものでな」

「どう不思議？」

「長い間掘り続けても何も出ない。草臥《くたび》れはて、もう止めようと思う。いくら掘っても見つかるわけがないと嘆く。そうして座り込んでいると、奇妙なことに目の前の地面にそれが埋まっているような気がしてくる。そこに穴掘りの魔物が潜んでいる」

「なんとなく」

伽那は、小首を傾げるようにして庭の先を眺めた。

「わかるか？」

「母に聞いたことがあるの。亡くなった実の父が賭け事に嵌《はま》っていたのよ。それで勝っているときにはいつでも止めて帰って来られるのに、負け出したときに限って止められなくなると言ってた。負け続けていると、父は不可思議な気持ちに襲われたんだって」

「おれは、賭け事はしたことはないが」

「父は大負けをすると、次の勝負は必ず勝てるという気持ちになったの。そんなことがわかるはずがないでしょ。必ず勝てるなんてことがあるはずがないのに、父は必ず勝てると言うの。口先だけじゃなくて、本当にそう信じていた。信じ込んでいる父にしてみれば、勝てる勝負を止めて帰ることこそ大馬鹿だということになるらしくて。だから揉め事に巻き込まれて殺されるまで、止められなかったんだと思う」

「似ているな。穴掘りも、見つけられなければ見つけられないほど、止められなくなる。出ないはずはない、と思う。父親も、祖父も、曽祖父も、魔に魅入られたように命を擲《なげう》って探した。子供たちは、その父たちの命を背負うことになる。ここで諦めたら父や祖父の命をも無駄にする、と思い込む。さらに輪を掛けて、負けを一挙に取り返すものが目の前の土の中にあると信じてしまう。どうにもこうにも、そうする他に生きる道が見つけられなかったんだ」

ついに見つけたのは、山へ入ってから六代目にあたる藤太の父俵藤藤左衛門《とうざえもん》だった。あるのかどうかもわからなかった硝石《しょうせき》という土を見つけたとき、父は五十を過ぎていた。一人息子の藤太は十二歳になったばかりだった。

藤左衛門は、都へ文を送った。何もかもが変わってしまっていたが、藤左衛門にとっては、職を戻し、褒美をくれるかどうかが問題だった。しかし朝廷にしてみれば、藤左衛門は死に絶えた時代の亡霊みたいなものだろう。そもそも都には、元寇《げんこう》の武器を覚えている者がいなくなっていた。

一転して、藤左衛門親子は、燃える土という得体の知れないものを手にする危険な者になった。文の返事の代わりに現れたのは、捕縛の役人たちだった。藤太は、父と共に山の奥へ逃げた。

「これのために爺様たちが命を捨てたのに、この仕打ちか」

藤太は、拳を握り締めた。

「俵藤の者が褒美をくれと言うのは、捨てられた女の恨み言と同じだな。前の男と交わした約束を新しい男に求めても無駄ということだ」

夢から覚めたように、藤太は父と二人で風に吹かれた。父は藤太を背負って、明るい日差しの中を歩いた。気持ちの良さに、父は声を上げて笑った。

「なあ、藤太。唐の武器がどういうものなのか、作ってみるか」

その大まかな製造法が一族に口伝されていた。

父は隻腕《せきわん》だった。藤太が幼いときに落盤事故に遭い、左腕を失っている。そのために何をするにも藤太の手を借りた。自然と藤太は火薬に熟達した。親子は幾度も火事を出し、ときに山ひとつを焼いたこともあった。

「山を」

伽那は、黒々とした目をまん丸に開いて藤太を見つめた。

「ある日、おれがこうして火を熾《おこ》すのを」

そう言いながら、藤太はまた庭に炎を投げた。

「村人に見られた。それ以来、村の者はおれを火男《ひをとこ》と呼んで怖がるようになった」

「火男？」

「火の神様のことを、この辺りでそう呼ぶんだ」

「本当は雷様なのに」

伽那は不服そうだった。


父は武器を完成させる直前に死んだ、と藤太は言った。

俵藤の者は百五十年の間、地べたを這いずり回った。その間、探索を命じた都の者たちは生きることを楽しみ、酒を飲み、幸せに暮らした。子や孫に囲まれて、陽の燦々《さんさん》と降り注ぐ広小路を歩き続けた。それに引き替え、おれたちは暗い穴の底で生まれ、穴の底で死ぬ。こんな惨めな生き様があるか。

それが寝たきりになった父の口癖だった。

では、どうしたら良い、と藤太が聞くと、可愛い嫁を見つけて楽しく暮らせ、と父は言った。

「燃える土はどうする」

「焚き火に焼《く》べるがよい」

それが、父の答えだ。最後の言葉になった。父が死んだ後に、藤太は一人で武器を完成させた。無論、都には報《しら》せなかった。

その都を灰にしてしまいたかった。

藤太が庭に放った炎が尽きると、辺りは暗闇に沈んだ。

「おれは京の都を目指す途中で、この地に来た。が、ひょっとすると」

暗闇の中で藤太は呟いた。

「おれがこの城に来たのは偶然ではないかもしれぬ」

「どういうこと？」

「地に神様がいるなら、穴の底にも蚯蚓の神様がいる。その神様がここへ寄越したのかもしれない」

「御城を守ってくれるために？」

「鎌倉の大軍が攻めてきたら、城は一日で落ちる。守ることなど蚯蚓の神様にもできまい」

「雷様でも?」

「鎌倉の大将は、上杉憲信だ。城は守りきれないが、憲信の首だけでも取れ、と蚯蚓の神様が命じているのかもしれぬ」

「できる?」

「爺様や親父の仇を討たねば蚯蚓の気持ちが収まらぬ。もっとも、それをすれば、おれは死ぬだろう」

「死んでは、嫌」

「蚯蚓が大将の首を取ろうというのだ。命がいくつあっても足りまい」

「駄目よ。雷様が死ぬのは駄目」

「伽那様は、自分が死にたいと言ったばかりだ」

「私は、雷様とは違うもの」

「同じだよ。伽那様が死にたくなることがあるように、おれも死ななくてはならないときがある」

「じゃあ、雷様」

藤太の手を握ると、伽那は黒々とした瞳で藤太を見つめた。このまま、この身体を目の前の男に投げ出してしまいたいという気持ちに駆られた。が、かろうじて思い留まった。

「止める」

「何を止める？」

「死ぬのを止める。ですから、雷様も死なないで。そう誓って」

「話の辻褄《つじつま》が合わぬな」

そう言いながらも、藤太は楽しそうに笑った。

「可笑《おか》しい？」

「可笑しいのではない。楽しいのだ。穴の底でも、あるいは穴を出てからも、こんなに楽しい夜はないと思っている」

「私は、雷様と一緒になる」

「一緒？」

藤太が、言葉に詰まった。

「おれと夫婦《めおと》になると言うのか？」

「そんな大それた事は考えていない。私は、雷様を引き留める餌だから。いろいろな男に抱かれる遊女と同じよ。汚れているから、今さら雷様の女にはなれない。私が望むのは、雷様と一緒に鎌倉勢と戦って死ぬこと」

「結局、死ぬことになるではないか」

「違う」

伽那は、はっきりと首を振った。

「それで雷様と生きることが叶うの」

「わけがわからん」

藤太には伽那の物差しはわからないらしい。

「いいだろう。おれが残ったとしても城は守りきれぬが、伽那様だけは守る。伽那様だけは死なせないと約束する。だから二度と死のうと思うな」

困り果てた顔で藤太は頷いた。

そんなことは無理だ、と伽那は思った。城が守れなければ、私は雷様と死ぬことになるのだもの。

雷様の物差しは伽那にはさっぱりわからない。わからなくても伽那は嬉しかった。

「もうひとつ約束して」

「何だ？」

「いつか、もう一度おんぶして欲しい」


この物語の舞台になる小さな城と火薬のことを、少しだけ補足しておきたい。

この国では、火薬に必要な材料の中で硝石以外のものは豊富にある。硝石だけが簡単には手に入らない。このために、いつの時代も火薬は不足し続けた。ただ天然に産する場所がわずかながら、関東にある。

この物語の後の時代の話になるが、この城は川の中に移動する。

渡良瀬川に嘴《くちばし》のように突き出た地面に、巨大な茶筒のように土を盛って土塁を築き上げ、その土塁を鎖のように並べて城の土台にした。その上に館が並んでいる。大きな建物は避け、天守を持たない。この城を鳥になって高空から見下ろせば、巨大な船が舳先《へさき》を川下へ向けて、たった今岸を離れたように見えただろう。城は、その周辺の九割を渡良瀬川に包まれている。わずかに艫《とも》に当たる部分の水路を狭めて橋を渡し、城下との行き来に用いた。この城は周囲を渡良瀬川が流れているだけでなく、城の真下をも轟々と伏流水が流れている。それほどに城を川の水で包んだ。

その城に煙硝蔵《えんしょうぐら》がふたつある。

ひとつは三ノ丸御門のすぐ東に、白壁土蔵造りで建てられた。ここには火急の用に、少量が蓄えられている。

ふたつ目は、城の東北の下辺見《しもへみ》の辺りにあった。当時の距離単位で二十里と書かれているので、現在の距離で八キロから十キロほどになるだろうか。江戸中期の儒学者太宰春台《だざいしゅんだい》が、この煙硝蔵の火災について書き残している。火が回ったのは享保《きょうほう》十九年（一七三四）六月十九日夜である。発火の原因はわからない。春台は、中国の西晋時代に『博物志』を編んだ張華《ちょうか》の言葉を引いている。張華によれば、途方もない量の油を蓄えておくと自然に火を生じる、という。それをもって春台は、途方もない量の火薬もまた、自然に火を生じるのではないかと記した。

その夜、煙硝蔵は爆発した。その音は天地を震わし、城から百七十里（現在の距離で六十キロから七十キロほどになる）離れた江戸の町に届き、江戸の大地を震わし、寝ていた者が飛び起きた、という。大地震が来たと誤解したのだろう。春台の記述通りならば、古河城の煙硝蔵には莫大な量の火薬が蔵されていたことになる。無論、当時も鳴動の理由を知った者たちは古河の城に蓄えられた火薬の量に驚き、訝しんでいる。

この城の主は、少なくとも江戸中期までは途方もない量の火薬を手に入れることができた。大量の硝石を手にする方法を知っていたということである。

この爆発の際も、分厚く川に守られた古河城は火災を免れている。川を用いた守りはこのためだったのかと思えるほどに被害はわずかだった。

この城の周辺の寺で韓玉《からだま》というものが見つかることがある。握り飯ほどの大きさの素焼きの玉で、中が空洞になっている。この場合の韓《から》とは、唐のことを指す。亀玉とも言う。器の表面に亀の甲羅のような模様が刻まれているからだろう。種子島が伝来するよりも古いものだということは寺に残る覚え書きでわかるが、使い道はわからない。ひとつの説として、中に火薬を詰めて、「てつはう」のように投擲《とうてき》して攻撃する武器ではないかと考えられている。

城は、この物語以降、戦に巻き込まれることがなかったために、蓄えられた火薬は一度も使われることなく終わった。

あの男は、人ではない。

そういう噂が城を駆け回っている。結城城まで出かけて行き、鎌倉勢四十人を一人で殺したという噂だ。

噂は、最初の一時だけ真実に近い形をしていたが、殺した人数がすぐに倍になった。数日のうちに百人の鎌倉兵を一呑みにしたらしい、と膨れあがった。殺した鎌倉兵の数が増えると、藤太に従う者も増えた。

遠見の治助が、真っ先に目を吊り上げて反応した。

新参者に大きな顔をされてはたまらないということらしい。実際、治助の手下の一人が、藤太に宗旨替えをした。治助は、その手下を殺して堀に捨てた。それだけでは気が済まなかった。ついに藤太が城の中を見回っているときに、喧嘩を吹っかけた。

喧嘩の理由は埒《らち》もない。ことわりもなくおれの影を踏んだというようなことだった。それを言いがかりに治助は太刀を抜いた。後ろには二十人の手下を従えている。

藤太は、一人だ。相変わらず真っ赤な褞袍を着込んでいるが、刀は帯びていない。

「結城の城で百人を殺したそうじゃねえか」

治助は片手で藤太の胸ぐらをつかむと、土塀に押さえ込んだ。もう片方の手には太刀をつかんでいる。しわくちゃの顔を藤太の顔に押し付けるように近づけて毒づいた。

塀に背中を押し付けられながら、藤太は治助を黙って眺めている。治助は気がつかなかったが、藤太の手が治助が着込んだ綿入れのあちこちを撫でるように動いた。

「どうしたよ、新参。おれが怖くて動けねえか」

藤太を突き放すと、治助は背後にいる手下を眺めた。ちゃんと後ろに控えているだろうかと心細くなったらしい。藤太を恐れて逃げ出してしまったんじゃないかと不安に駆られたが、手下は逃げずに踏ん張っている。そのことに力を得て、歯のない口を開けてがらがらと笑った。

「この城で大きな顔をされるのは目障りだ」

治助は、太刀をぶうん、と振った。見事な拵えの太刀は、押し入った先で奪い取ったものだ。刀身が三尺に近い大太刀で、刃文が美しく並んでいる。南北朝時代の流行だが、小柄な治助には重すぎる。時折、重さにうんざりした顔で刃先を地面に下ろした。

治助の怒鳴り声を聞いて、城にいる武士たちが集まってきた。やがて黒山の人だかりができた。その中に山崎の爺様もいた。矢部義基も顔を並べている。少し離れた場所には野田安重がいた。みなが、藤太がどうするのかを見たがっていた。当の治助は、自分に注目が集まっていると勘違いをしたようだ。まるで檜舞台《ひのきぶたい》に立ったような顔で歌うように怒鳴った。

「おい、若造。おれが怖いか」

怖いか、という件《くだり》が妙な節回しになった。その声に合わせて大きく片足を踏み出すと、治助は太刀を両手で構えた。

藤太の右手が治助の前に伸びた。

「何だ?」

治助は、藤太の手を見た。その手のひらに炎が生じた。治助の手下たちは、わっと声を上げて逃げた。周囲の群衆からも声が上がった。

「おい、てめえら。逃げるな」

喚いている治助も慌てた。逃げ腰になりながら必死でその場に踏み留まると、藤太をぎらりと睨んだ。血の気の引いた顔で啖呵《たんか》を切った。

「そんなちっぽけな炎で何ができるっていうんだ」

その治助に向かって、藤太は炎を放った。炎は、治助に当たると綿入れにひたと貼りついた。ように見えた。綿入れが、ぼっと音を立てて燃えた。瞬きをする間もなく治助は火に包み込まれた。わあっと叫びながら太刀を放り出した。だけでは足りなかった。この寒空の下で綿入れを脱いだ。まだ火が身体にまとわりついている。袴《はかま》も脱がなければならなかった。褌《ふんどし》ひとつになって、ようやく炎から解放された。痩せた肩を激しく上下させながら、治助は燃え上がる綿入れを呆然と眺めていた。やがて青ざめた顔を藤太に向けた。無理矢理に睨みつけようとしたが、寒さのほうが先に立った。がたがたと震えながら屋敷に駆け込んでいった。

「見事じゃ」

人だかりから出てきた義基が、ぽんぽんと手を叩いた。ぐるりとみなの顔を見渡した。人だかりの中に安重の顔があった。目が合うと、安重はぷいっと顔を逸《そ》らして立ち去った。

「よいか、みなの者」

義基は、上機嫌だった。藤太の隣に立つと周りをぐるりと眺めた。

「この者は、火の神の眷属《けんぞく》である。ただいまより、古河城はこの火の神様がお守りになる。わしがいないときには、わしの代わりだと思え」

その言葉に城内が沸いた。

野田安重も藤太に不満を持っている。

安重という男は、感情を表に出さない痘痕面の奥に狡猾《こうかつ》な盗人が隠れている。自分からは決して矢面に立とうとはしない。常に人の後ろについて肥った。誰かの成功のすぐ後ろでお零《こぼ》れを拾う。古河の城も、そうして手に入れた。

結城で反乱が起きたときに、安重はこれで一稼ぎできると躍り上がって喜んだ。足利持氏《もちうじ》の遺児に加勢をする。そういう名目があれば、近隣の商家から軍資金を集めることができる。安重にとって、持氏という名前は打ち出の小槌《こづち》になった。嫌がる者は斬り捨てればいい。非業の死を遂げた持氏の遺恨を晴らすための戦いである。何をしても許される、と安重は思っている。米を取ろうが、金箱を開けようが、持氏を愛していると言い、それを殺した鎌倉管領を攻め滅ぼすためだと言えば無罪だ。

安重の中の盗人の心が、そう信じている。

これほどに楽しい強奪があるだろうか。安重は、笑いが止まらなかった。盗むだけ盗み、暴れるだけ暴れ、女を犯し、旨いものを喰う。逆らう者は、持氏の遺児に対する不義であるとして殺せば良い。殺しても、無罪。

そうやって、この一年を楽しみ抜いた。

この地は鎌倉からはよほど離れている。鎌倉の軍勢が目前に迫ったら逃げれば良い。端《はな》からそのような計算をしていた。結城の城は、安重が考えている以上に持《も》ち堪《こた》えていたが、ようやく落ちようとしている。

安重は考えている。

鎌倉勢と戦うことではない。古河の城にふんぞり返って、いつまで美味《おい》しい思いができるか、ということだけを考えている。ぎりぎりまで楽しみ尽くして、鎌倉勢が押し寄せる直前に逃げたいと願っていた。そのためには内外に対して籠城するように見せかけながらも、いつでも逃げ出せる準備を調えなければならない。それはなかなかに難しい芝居だった。

そこに、ひょっとこが現れた。こともあろうに、城に招き入れてやった矢部義基は、その新参者に城の守りを一任すると言い出している。

計算が狂う。

何も知らない男に城の守りを任せたら、安重が考えている微妙な線は崩れる。押し寄せてくる鎌倉勢の目の前を逃げ抜けるという紙一重の摺《す》り合わせが狂えば死ぬことになる。

義基は全てを台無しにするつもりか、と安重は怒りに身体が震えた。さらに安重を憤慨させたのは、義基が娘の伽那をあの男にやると言い出したからだった。

義基が安重と共に戦いたいと城に来たときの手土産が、娘の伽那だった。抱いてみると、これがとんでもない上物だとわかった。顔立ちや体つきが優れているだけでなく、太股の奥に男を蕩《とろ》かす器を隠していた。歓喜した安重は、義基の城内での処遇を己と同等とした。

ところが安重が伽那を抱けたのは、その一度きりである。義基も強《したた》かだ。それ以来どれほどに要求しようが娘を差し出そうとはしない。娘をちらつかせはするが、安重の指先が触れようかというときに、すっと引っ込められてしまう。そうやって何度も歯嚙みをさせられてきた。

安重は諦めていない。城を逃げ出す際の混乱の中で、伽那を奪おうと考えていた。問題なのは、その計画がひょっとこの出現で大きく狂い出そうとしていることである。

あの男は邪魔だ、と安重は思う。始末するべきだ。

三月も半ばになると、古河城の周りに鎌倉の斥候が頻繁に姿を見せ始めた。結城の城が落ちた後に古河に向かって軍を進めるための準備に違いなかった。

古河城の近辺で散発的に小競り合いが起こったが、死人は出なかった。昨日は野木神社のそばで安重の家来と鎌倉の斥候が鉢合わせになった。双方が刀を抜き小半《こはん》時《とき》近く争ったが、相手を殺すまでには至らなかった。いずれも十数カ所の傷を負い、疲れ果てて逃げ帰った。

「おれの家来は腰抜けでな。気が滅入るわ」

遠見の治助が寝泊まりしている屋敷を訪ねた安重がぼやいた。

「腰に立派な刀を下げていても、それを使う度胸もない。それに引き替え」

安重は、治助の杯に酒を満たした。

「治助殿が羨ましい」

「いやいや、安重様の御家来に運がなかっただけでござろうて」

治助は、すでに酔っている。

「おれは正直なところ、治助殿こそ城を守るにふさわしい男だと見ている」

安重は、じわりと治助を焚き付けた。

「まあ、そうだろう。おれほどの男は滅多にいない」

治助は、顔中の皺《しわ》を伸ばして笑った。

その治助の口の臭いに、安重は飲んだ酒を吐きそうになっている。できることなら、自分の平たい鼻を切り落としたい気分だった。が、それを堪えた。堪えて笑みを浮かべた。

「だがな、治助殿。大炊助は新参のひょっとこを格別に扱おうとしている。あの男に城の守りを任せる所存だそうだ」

あの男はな、と安重は言った。

「近隣の商家に押し入ることを禁ずる腹らしい」

「何ぃ」

治助は、安重に噛みつきそうなほどに顔を近づけて怒鳴った。唾が安重の顔に飛んだ。

「われらは足利様の」

そこまで言って治助は言葉に詰まった。端からそんなことは考えの中にないので、持氏の遺児の名前など忘れ果てている。

「何とかいうガキのために、われらは戦っているのだ。それのどこが悪い」

「悪いことなどどこにもない。この国を守るためには関銭《せきせん》が必要だ。それが大義だ。それくらいのことは商人《あきんど》ならわかっているはずよ。百文の儲《もう》けに対して八文から十文の関銭だ。それも商人連中がわざわざ関銭を持ってこなくても良いように、こちらから取りに行ってやるのだ。その手間賃もある。もらって当然ではないか」

安重は、治助の唾を拭いながら頷いた。

「安重様の言う通りよ」

治助には難しいことはわからない。とにかく公然と盗みができれば、治助は機嫌が良い。

「そこよ、治助殿。この国が近隣の国に蹂躙《じゅうりん》されて良いわけがあるまい。そうなれば商人の子らの将来もままならぬぞ。われらは商人たちのために、その子らのために関銭を集めている。軍資金がなければ国も城も守ることはできぬ。こんな簡単なことがひょっとこにはわからぬときておる」

そんなこともわからずに、と安重は大げさに嘆いた。嘆きながら治助から顔を離した。

「押し入りを禁じようとしている」

「分捕《ぶんど》りができぬとなれば、生きる楽しみがないわ」

治助は、歯の欠けた口から息を吐いた。

「斬るべきだ」

安重は言った。言ってすぐに顔を顰《しか》めた。

「そうは言っても、おれの家来では斬れん。腰抜けばかりでな」

「簡単に斬ると言うが、あやつは化け物だぞ。おれの綿入れを燃やしおった」

「確かにあの男は火を遣う。迂闊《うかつ》に襲えば火傷《やけど》をするだけだ。だがな、治助殿。それは心配することはない」

「どういうことだ？」

「日光の山に雲がかかった。数日のうちに雨が降る。雨が降れば火は付くまい」

あ、と治助は大きな口を開けた。口を閉じたときには、しわくちゃの顔にどす黒い笑みを浮かべていた。

「それにもうひとつ、ひょっとこには弱みがあるのよ」

安重の囁きを聞いて、治助は嬉しそうに唇を舐めた。

「そういうことなら、おれにまかせろ。おれが斬ってやる」

治助は、後ろにひっくり返るほどに身体を反らせた。

単純で間抜けな男だ、と安重は腹の底でほくそ笑んだ。


藤太が城に居続けるようになると、伽那が城に通い出した。毎日、城にやってくる。そして日が落ちるまで汗を流して働いた。男ばかりの城の中で、伽那は目立つ。伽那は御坂小五郎や青田七郎太だけでなく、下女のはるたちも連れてくる。勢い、花が咲いたように城内が賑やかになった。

伽那は、下女と共に台所に立って食事を作った。米や干し魚は蔵の中に山のようにある。食事が美味くなると、籠城している兵たちの間に笑い声が起きるようになった。


ここ数日、藤太と共に、矢部義基配下の武士と山崎の爺様、他に野伏の者たち十人ほどが小屋に籠もり、炭を砕く作業を続けていた。小屋に積み上げた炭を顔を真っ黒にしながら細かな粉に潰している。

炭を粉にする仕事が一段落したところで、爺様は藤太を連れて城の東へ向かった。城の上に広がる空が灰色の雲に覆われていた。今にも雨が落ちてきそうな気配だった。風が湿っている。

「伽那様は俵藤殿を好いているように見えるが、義基様は何と言われたのだ」

爺様は、藤太のことが気になってしかたがない。

藤太に伽那の気持ちを聞いてくれと頼んだ矢部義基は、その翌日に藤太を訪ねてきて、伽那をもらってくれぬか、と言った。

「伽那がお主に恋い焦がれておる。お主と一緒になれなければ死ぬと申してな」

義基は狡猾だった。それだけを言った。城に残ってくれ、とは一言も言わない。言わなくても、伽那と一緒になるということはそういうことだからだ。

「では遠慮なくもらおう」

「もらってくれるか」

義基は、面長の顔が割れるような笑顔を見せた。

「おれのものにするのだから、これ以降は他の者に手を出させない。それでよいか」

「無論だ」

「伽那に手を出そうとする者がいれば斬り捨てる」

「当然だ」

だがのう、と義基は娘の話に紐を付けた。

「この城が落ちては困る」

「城は落ちる。間違いなくな」

「それを何とかしたい。わしはお主に城の守りを任せたい」

「城は一日も持たない。というより、城を落とさせる」

「落とさせる、とはどういうことだ？」

「城に残ればわかる」

「お主は残るか」

「残る。鎌倉の大将上杉憲信の首を取ろうと思うている」

義基は声を上げて笑った。目の前にいる男は、相変わらず桁の違う法螺話を聞かせてくれる。

「年を取ると若さというものが羨ましくなる。望みは大きなほうが良い。だが大将の首を取る前に、お主の首が先に飛ぶわ」

「かも知れぬ」

「首のない男では、伽那を抱けまい」

「おれは伽那をもらったが、抱くとは言ってない」

藤太は、皺だらけの喉を震わせて笑っている義基をじっと見た。

「どういうことだ？」

義基の顔に当惑が生まれた。

「矢部様の娘はおれがもらい受け、たった今空に放した。今の伽那は気儘《きまま》だ。誰の言いなりにもならず、無理強《じ》いもされぬ」

「お主、伽那を抱かぬのか」

「抱くつもりはない。が、他の男に抱かせるつもりもない。抱こうとすれば斬る」

「お主は、つくづく変わった男だな」

「おれは城に残ると決めた」

「鎌倉の大将の首を取るか、お主の首が取られるか、そういう戦いをこの城でするわけだな」

義基は、張り出した腹を抱えるようにして笑った。

「お主がいれば、鎌倉の兵が一人残らず笑い死ぬわ」

「義基様に、そう答えたか」

山崎の爺様は藤太と共に、城を守るふたつの空堀を跨《また》ぐ橋を渡った。

「つくづく不可思議な男よの」

それぞれの空堀には、内と外から挟み込むように土塀が建てられているが、堀の顔つきが少し違う。内側の堀は、挟まれた土塀ぎりぎりまで深く掘られている。塀際には足の踏み場すらない。堀の深さは二間だが、底に落ちれば高さ一間半の土塀が加わり、深さ三間半の谷に変わる。今はその空堀に、刈り取った葦が次々と投げ込まれていた。

外側の空堀も、八割方が掘り終わっていた。こちらは前後を挟む土塀から幅一間ほどの地面が残っている。両側に一間の道を残して、中央の三間の幅に空堀が掘られていた。こちらも深さは二間で、底の黒い地面が覗いていた。堀には細い橋が渡してある。

「義基様がお主にくれたので、伽那様はお主の妻女《さいじょ》のように振る舞っているわけだ」

「娶《めと》った気はない。好きなようにしろと言ってある」

「一度抱いてみたらどうだ。あれほどの娘は滅多にいない。それを娶って抱かぬ手はあるまい」

爺様は軽くけしかけたが、藤太は返事をしなかった。外側の塀に切られた門を黙ったまま抜けると城の外へ出た。

一面に寒々とした景色が広がっている。田畑は荒れ果てて雑草や葦が生い茂っていた。あちこちに見える林は、みな葉を落として木立が風に震えている。

「おれは、この城に残る」

藤太の声も風に震えた。

「この城で憲信の首を取ろうと思うている」

爺様は赤らんだ鼻で、風の匂いを嗅ぐような仕草をした。大層な夢を見るより、死ぬ前に女を抱いたほうが良かろうに、と呟いた。

城から見て東北の方角に一カ所、ほんの少し盛り上がった場所がある。以前、藤太が鎌倉勢の本陣になるといったところだった。すでに葦が刈り取られて地面が覗いていた。

「そうか」

爺様は、右手の拳を左の手のひらに打ち付けた。両手から細かな炭の粉が舞い上がった。

「敵の本陣の場所がわかれば戦いやすいと言ったのは、大将がどこにいるのかを知っておきたいという意味か」

「これで憲信を探さなくて済む」

「憲信の場所がわかったとしてだ。城から本陣までの間には数万の兵がいるぞ」

「無理かもしれん」

他人事《ひとごと》のように藤太は言った。

「これだな。これが何かはわからんが、これで城に攻め掛かる鎌倉勢を押し留めるつもりだろう」

爺様は、炭の粉で真っ黒になった自分の両手を眺めた。

「逆だよ、爺様。鎌倉勢が攻めてきたら城に入れる」

「入れる？」

爺様は、藤太の顔を見つめた。

「これは城を守るための堀だぞ」

「違う。守るためのものではない」

藤太は、爺様が予想もしないことを口にした。

「そんな籠城戦は聞いたことがないわ。みすみす鎌倉勢を城に入れてしまうなら、塀を拵えても無駄ではないか」

「攻める鎌倉も、そういう城を攻めたことがあるまい。結城の城のように必死の応戦があるからこそ、慎重に城を攻めようとする。今までは、そうしたはずだ」

「どこの城だって、敵に入られたらお終《しま》いだ。一所懸命に防戦するものよ」

「この城は違う。むっつりと黙り込んで返事をしない」

「それでは、まるでお主のようではないか」

爺様は笑った。笑ってから気づいた。以前はこの城にいて笑うことなど滅多になかった。それが藤太が来てからというもの、不思議と笑うことが多くなった。

「城からの反撃がなければ、鎌倉は先を争うように攻めてくる。そのときには門を開いて中に入れる」

藤太は、爺様に秘密を打ち明けるように囁いた。

「どうやら」

爺様は、本陣になるであろう場所を遠目に眺めた。

「葦を敷き詰めた堀が大層な罠《わな》になりそうだの」

「あれは、『火男の堀』だ」

「ひょっとこの？」

爺様は、思わず聞き返した。

「火の男だ。火男の堀さ。親父が名付けた」

「なんとも怖い名前だの」

「爺様。あれは竹だな」

遠くに竹林がわさわさと風に揺れている。


この地には竹の先に提灯《ちょうちん》をぶら下げて村々を回る風習がある、と爺様は言った。その奇妙な風習は、源頼朝《みなもとのよりとも》が鎌倉に政権を建てた頃より始まっている。すでに二百六十年ほど続いていた。この地に生える竹は、時に天に届くかと思うほどに伸びる。そういうことも、この風習の成り立ちに関係しているのだろう、と爺様は言う。


「竹が取れるのか」

藤太は何かを考えている。

「それなら外側の空堀は、土竜《もぐら》の穴にしよう」

「地面に穴を掘る、あの土竜か」

「おれの祖父は、穴を掘るのが得意だった。その祖父が掘ったのが、土竜の穴だ」

「葦の次は、竹か」

爺様は両手を叩いた。黒い粉が舞った。

藤太は、穴の仕組みを説いた。爺様は、指を折りながら日にちを数えた。

「手が足りぬな。近隣から若いのを集めよう」

「それは爺様に任せる」

「どうやら、このおれも城から逃げる余裕がなくなりそうだ。この城で死ぬことになるか」

「堀の用意はそれまでに終わらせる。その後で逃げれば良い」

「今の話では、ある程度の人数が残らねば堀の仕掛けが働かぬぞ」

「燃える土で何とかできると思う。死ぬのは、おれだけでいい。爺様まで死ぬことはない」

「そう思って今まで生きてきたが、この歳になっても虫けらのままよ」

爺様は、藤太から顔を背けた。虫けらと己を蔑《さげす》めば、以前なら必ず情けなさに悲しくなった。そういう顔つきを見られるのを恐れて横を向いた。が、そうはならなかった。おや、と爺様は己の胸を覗き込んだ。悲しくなるどころか、腹の底から笑いが込み上げてくる。

どうやら、このおれも。

爺様は、声を上げて笑い出した。


「雷様」

伽那の声に、小屋の中で働いていた男たちが顔を上げた。伽那が握り飯を運んできた。

着物の袖をたすき掛けにしている伽那を見て、顔を真っ黒にして炭を砕いていた者たちは一斉に白い歯を見せた。藤太の隣で、爺様が黒く汚れた顔を上げた。今日は小五郎と七郎太も加わっている。

「私が作ったのよ」

伽那はいそいそと、中央の台に握り飯を載せた盆を置いた。彼女の額に汗が光っている。

待ちきれない様子で手を伸ばした七郎太を、小五郎が叱った。

「お主は、後だ」

日焼けした黒い顔に炭の粉をまぶしたまま、七郎太は怪訝な表情を浮かべた。

「俵藤様が最初だ」

いつの間にか、藤太の名に様が付いている。

「おっ、これは失礼した」

七郎太は、慌てて手を引っ込めた。

「みんなの分もあるから」

男たちの食事を用意することが、伽那には楽しくてしかたがないらしい。ところが誰も手を出さない。小屋にいる全員が、自然に藤太が先に食べるべきだと思っている。

藤太が手を伸ばして握り飯をつかんだ。むしゃむしゃと食べた。その様子を眺めているだけで、小五郎は生唾を呑んだ。みんなの視線を集めたまま、藤太は無言で食べ続けた。

「美味しくないの？」

無言で食べ続ける藤太を見ていて、伽那は心配になったらしい。ちらと伽那を見てから、藤太はふたつ目の握り飯を口に運んだ。

「美味い」

「良かった」

伽那は、胸を撫で下ろした。

ふたつ目の握り飯を食べ終えた藤太は、自分を見つめている周囲の男たちの顔を眺めた。そうしてから伽那に聞いた。

「伽那は、握り飯を初めて作ったのか?」

「はい。初めて」

伽那は、子供のように頷いた。

そうだろうな、と藤太は頷いた。三つ目をつかみ上げた。それを見て伽那はますます嬉しくなった。

「そんなに美味しい?」

「伽那。塩は貴重品だ」

「汗を掻くお仕事をするときには、お塩をたくさん使ったほうが美味しいとはるに教わったの。だから雷様のためにたっぷりと使いました」

「たっぷりと、か」

二人の会話を聞いて、爺様が笑った。笑いながら握り飯をつかんだ。大きな口を開けて食べた。

「確かにたっぷりだ。みんなも食え」

爺様は、愉快だった。

小五郎と七郎太も手を伸ばした。他の者たちも次々に食べた。食べた途端に、みんなが咳き込んだ。咳き込みながら大笑いした。腹の皮が捩《よじ》れるほどに笑った。

伽那が嬉しそうにみんなの顔を眺めている。

「安重様に聞いたのですが、野木神社の近くで明日、市がたつんですって」

伽那は、藤太の隣に腰を下ろした。

藤太は四つ目の握り飯で頬を膨らませたまま、伽那を眺めた。

「神社の近くで十日の日に市がたつのだ」

茶を飲みながら爺様は言った。

「大蒜《にんにく》を買いたいの。市は賑やかで、とても楽しいって。私、その市というものを見てみたい」

爺様は、二人を楽しそうに眺めた。伽那の目的は、大蒜ではなく市のほうだろう。さらに言えば、藤太と二人で市へ行きたいのだ。若いということは眺めているだけで楽しいが、邪魔をしては申し訳ないと爺様は目を逸らした。小屋の隅に紙を油と漆《うるし》で固めた小さな器が並んでいる。藤太が用意させたものだった。

「危険だ」

藤太は、野木神社のそばで野田の家来と鎌倉の斥候が小競り合いを起こしたことを伽那に話した。

「ですから護衛が必要よ」

伽那は、にっと笑った。

「小五郎殿がいる」

握り飯に齧《かじ》り付いている小五郎と七郎太が顔を上げた。二人は必死に笑いを堪えている。頬を握り飯で膨らませたまま、二人並んで顔を横に振った。二人は伽那が何を企《たく》んでいるのか、もちろん気がついている。

「生憎《あいにく》とそれがしは、俵藤様に命じられた味噌《みそ》の大樽を集めに行かねばなりません」

小五郎は、斜め上に視線を走らせながら早口に言った。

「おれは、火伏せの道具を作る鹿革を探しに行きます。もちろんその後は、防具を作る仕事がありますから」

七郎太も飯粒を飛ばしながら同調した。

二人を見ていた伽那は、満面の笑みで頷いた。

「あの者たちには、明日は特別の用事があるんですって」

伽那は、藤太の縕袍の袖を摘んだ。お願い、と袖を引いた。黒々とした目で見つめられて動揺したのだろう。藤太の手の中で握り飯が潰れた。

火の神様が慌てている、と周囲の男たちは面白そうに眺めている。

「市に行くだけなら」

根負けをしたように藤太は頷いた。

「嬉しい」

伽那は、みんなに笑顔を向けた。

「そういうわけですから明日は、私はお握りを用意できません。はるが作ります」

「それは誠に残念でござる」

小屋にいる者たちが嬉しそうに返事をした。


その夜から降り出した雨は翌朝まで続いた。一番鶏が鳴く頃に止んだ。

伽那は、藤太に連れられて野木に向かった。いつもは必ずついてくる護衛はいなかった。藤太は相変わらず褞袍を羽織っているが、伽那は小袖を着ているだけだ。寒い。

「雷様は暖かそう」

藤太は黙って歩いていく。刀も持っていない。

「私も雷様が着ているものが欲しい。市で売っていたら買いたい」

いいでしょ、と甘えてみたが、藤太は返事をしなかった。買い物のための銭には困らない。城には商家から奪った砂金が唸《うな》っている。

「お揃いが良いな」

伽那は、藤太の手を握った。慌てて手を放した。

「ひどい傷」

藤太の手のひらが火傷で覆われていた。

「痛くないの？」

伽那は、腫れ物に触れるように藤太の手に指を伸ばした。藤太は無言で首を振った。黙って歩いていく。

「じゃあ、これは？」

伽那は、藤太の指先を軽くつかんだ。また藤太は首を振った。

「じゃあ、これ」

しっかりと手をつないだ。藤太は少し驚いた顔で、つないだ二人の手を眺めた。

「やっぱり痛い？」

不安そうに聞いた伽那は手を放そうとした。離れかけた伽那の手を、藤太の大きな手が包み込んだ。ぎゅっと握り締めた。

「まだ痛くない」

子供みたい、と伽那は嬉しくなった。それだけじゃない。藤太に片方の手を包まれているだけで寒さがどこかへ吹き飛んでしまった気がする。

襤褸みたいに、と伽那は思った。

襤褸は売っていなかったが、大蒜は買えた。茎の付いた大蒜を藁で巻いて束ねたものをふたつ買った。鎌倉勢が来るということを誰もが知っていて、最後の商売をしようと大層な数の店が並んでいた。干し魚、蔬菜《そさい》、古着、農具、伽那の目を輝かせるもので市は溢れていた。

伽那は夢中になって歩き回った。時に立ち止まり、気になるものを買い求めた。伽那の後ろを、藤太が大蒜を下げてついてくる。二人でこうして気儘に歩けることが伽那には楽しくてならない。何度も振り返り、そこに藤太がちゃんといるのを確かめては買い物を続けた。

途中、藤太が、遠くを歩いている町人を見つめているのに気づいた。町人の姿をしているが明らかに武士だと思われる男が二人、人混みの中を歩いていた。鎌倉の斥候かもしれないと思ったが、伽那はすぐに忘れた。雷様がついていてくれるのだから何も怖くなかった。

髭面の男が藤太に近づいてきたのは、市の西の端まで歩いたときだった。男は、遠見の治助の手下だと言った。そう言われれば伽那にも見覚えがある。

「鎌倉の斥候と思われる武士が倒れています」

髭面は、藤太に顔を近づけて囁いた。

「死んだのか？」

「まだ意識があります。鎌倉の動きを聞き出せるかもしれません」

藤太は、髭面に答える前に伽那を見た。伽那をどうするか、考えているのだろう。

「私も行く」

伽那は、藤太が別の答えを出す前に言った。

「もう一度、鎌倉の武士を見てみたい」


静かだった。

髭面に案内された鎮守の森は、十日の市から五町ほど離れていた。森には杉の木が多く、下草が生い茂っている。森の中を一本の細い道が続いていた。杉の枝に覆われた隧道《ずいどう》のように暗い道を通り抜けて境内に入ると、天蓋が開いたように青い空が現れた。

「鎌倉の斥候は、どこだ？」

藤太は、髭面に聞いた。

「社《やしろ》の向こうです。危ないですので、伽那様はここへ残られたほうが良いかと」

境内の入り口に伽那は残った。髭面と藤太は社に近づいていく。今朝までの雨で地面がぬかるんでいる。ところが、境内のどこにも倒れている者はいなかった。

伽那は、社の縁の下を見た。奇妙なことに、社の真下の地面に板戸が埋め込まれていた。その木戸が跳ね上がるように開いて、治助の顔が覗いた。

急に背後から抱きすくめられて、伽那は悲鳴を上げた。その声に藤太が振り向いたが、すでに遅い。伽那は境内に駆け込んできた十人ほどの男たちに囲まれ、抱え上げられてしまっていた。いずれも治助の手下たちである。逃げようともがいたが、伽那を捕まえた男の腕は緩まなかった。別の男が短刀を抜いて、伽那の喉に押し当てた。

社の縁の下から這いだしてきた治助が、藤太に近づいていく。縁の下には、数人の男たちが楽々と隠れられるほどの広い部屋が作られているらしい。治助を含めて五人の男が這い出してきた。

「まあ、こういうことだ」

　縁の下から出てきた治助は藤太の正面に立つと、皺だらけの顔を綻《ほころ》ばせた。

「おかしな真似《まね》をしたら、女房殿が死ぬ」

　治助は、歯の欠けた口を開いて楽しそうに笑った。

「昨日の雨で何もかもが濡れている。火の玉も役に立たねえぜ」

　藤太は、社の濡れ縁に指を触れた。たっぷりと水を含んでいる。地面も、森に生えている木々も、その根元を厚く覆う下草も湿っていた。何より治助が身に着けている着物がたっぷりと水を含んでいる。

「うぬは邪魔だ。ここで殺す」

　治助は、藤太を眺めながら笑い続けている。

「逃げて、雷様」

　男に抱きかかえられたまま、伽那は叫んだ。

「私のことは構わないで、逃げて」

「口をしっかりと塞いでおけ。森の向こうまで聞こえるじゃねえか。この辺りには鎌倉の連中がうろついているんだぜ」

治助は、伽那を捕まえている男を叱った。

伽那の声が悲鳴に変わった。伽那を抱きかかえている男の手が、伽那の太股《ふともも》をまさぐったからだった。その手を動かしながら、男はげらげらと笑った。

「口を塞げと言ったんだ。そこじゃねえぞ」

まったく手に負えねえぜ、と治助は首を振った。怒ってはいなかった。この状況を蜜を舐めるように楽しんでいる。

「社の下にあるのが、野田の殿様の隠れ場所だ。あいつは、人のお零《こぼ》れを拾うのが上手い。あの部屋を拵えたのも、鎌倉が来たら隠れるつもりなんだろうよ。そして鎌倉がいなくなれば、すぐに城に戻るつもりさ」

今日の治助は、藤太を恐れていなかった。

「うぬのこともよ。おれに殺させて、美味しいところだけを掻っ攫《さら》うつもりだ。とんだ悪党だぜ」

治助は、藤太に顔を近づけた。

「跪《ひざまず》きな」

藤太は黙ったまま動かなかった。すると治助は、腰に吊り下げた太刀を抜いて軽く振った。それが合図だった。伽那を押さえていた男が、伽那の胸をはだけた。白い胸が露《あら》わになった。伽那は擦《かす》れた声を上げて身を捩ったが、逃げることも胸を隠すこともできない。

「跪け」

治助は、藤太に顔を向けた。笑っている。

藤太が伽那を見た。何も言わずに見つめた。

「雷様、逃げて。逃げなくちゃ駄目」

自分の姿には構わずに伽那は叫んだ。

「伽那様は勘違いをしていなさる。こいつは雷様じゃねえぜ。火の神だ。だから雨の日には何もできねえのよ」

治助は笑いながら伽那に顔を向けた。

「それだけじゃねえぜ。こいつには雨以外にも、伽那様って弱みがある」

「私？」

伽那は、藤太を見つめた。

「こんな可愛い女房をもらって、手を出さない男はいねえさ。ところがこいつは伽那様に手を出そうとしねえ。なぜだか、わかるか？」

伽那にはわからなかった。

「盗みに入ると、たまにおかしな野郎を見ることがある。己の命よりも蔵の中の砂金を守ろうとする商人だ」

くっくっと治助は笑った。

「この世に、己の命よりも大事なものがあるはずがねえのに、そういう馬鹿がたまにいるのさ」

太刀先で、治助は藤太の胸を突いた。

「こいつは、己の命よりも伽那様のことを大事だと考えている。だから、こういう場面になると」

ぐるりと治助が顔を回した。声に奇妙な節をつけた。

「黙って死んでいくしかねえわけだ」

伽那は、激しく首を振った。藤太は、無言で伽那を見ている。

「跪けよ」

治助は、藤太の腰を強く蹴った。藤太が濡れた地面に膝をついた。

「もっと頭を低くしな」

治助は、太刀先で藤太の頭を突いた。皮膚が切れて血が流れた。流れた血が藤太の額を濡らした。藤太は両膝をついて頭を下げた。

「もっと頭を下げろって言ってるんだ。濡れた地面に顔を押し付けろ」

藤太は、さらに深く頭を下げた。その頭に治助が足を乗せた。乗せた足に力を籠めて、藤太の顔をぬかるんだ地面にめり込ませた。

「治助様が一番偉いと言いな」

強い酒に酔ったように治助は歌った。

「雷様の馬鹿。立つのよ。立たなくちゃ駄目。蛆虫みたいな治助の言いなりになるなんて雷様じゃない」

伽那の声が涙で震えた。抱きかかえている男が伽那の口を塞ごうとしたが、伽那は激しく首を振って男の手を振り解き声を張り上げた。

「ここで終わったら駄目。私なんかどうでもいいから、立って戦うの。このまま何も成さずに死んじゃ駄目。何もしなかったら蚯蚓の神様に怒られる。だから雷様、お願い」

途中から声が擦れて言葉にはならなかった。

お願いよ。

治助の足が、藤太の頭を強く踏んだ。半ばまで泥に沈んだ藤太の顔が伽那を見ていた。瞬きもせずに、じっと見ていた。

「死ね、ひょっとこ」

治助が足を踏ん張って太刀を持ち上げた。背中に担ぐように太刀を振り上げると身体の反動を利用して太刀を振った。

伽那は、目を閉じた。

ぶん、と風が鳴った。

太刀が風を切った音だ、と伽那は思った。雷様の首が落ちた、とも思った。

恐る恐る目を開いた。

治助の太刀が肩の上で止まっていた。びぃん、と空気を震わせているのは治助の首を貫いた一本の矢だった。血に染まった鏃《やじり》が治助の首を貫き、矢羽根のそばまで首に食い込んでいる。治助は目を見開き、口を半ば開けたまま死んでいた。

風が震えた。

伽那の視界を隙間なく矢が満たした。治助の手下たちが次々に矢に貫かれて横転した。伽那を押さえつけていた男の首にも矢が突き立った。さらに男の目に、胸に、腹に矢が刺さる。男は伽那を放り出すようにして後ろに倒れた。よろめいた伽那に、ぬかるみから立ち上がった藤太が駆け寄って抱き留めた。二人の周りに次々と矢が降り注いだ。その度に男たちが倒れた。

境内にいた治助の手下たちは、一人も逃げられなかった。ある者は足を射られ、ある者は腕を貫かれて倒れた。呻く者、痛みに転がる者、矢の突き刺さった自分の腹を見つめる者、一人残らず射貫《いぬ》かれている。立っている者がいなくなると、森の中から六人の武士が弓を手にして現れた。藤太に抱き締められたまま、伽那は森から現れた武士を見た。武士たちは刀を抜くと、藤太と伽那には構わずに境内に倒れている治助の手下たちを殺し始めた。矢を射られて苦しみのたうっている手下たちの胸を無造作に、しかし的確に刺した。刺して殺した。全員の死を確認すると、その中の大柄な武士が血に濡れた刀を提げて藤太に近づいた。

「待て」

森の中から、七人目の鎧武者が姿を見せた。兜に鯛の前立てが輝いている。雲間から差し込む日の光を受けて星が光った。

「大将は殺すな。殿の命令だ」

兜の下に、一度見たら忘れられないほどに大きな四角い顔があった。その顔の半分が青黒く変色して蚯蚓《みみず》腫れが走っている。わずかに火傷の引き攣《つ》れも見えた。

「またお目にかかれましたな。結城の葦原でお会いいたした和田鯛玄です」

藤太は、伽那を抱きかかえたまま頷いた。

「いやはや、あの折は大変な目に遭いました」

鯛玄は、笑った。笑うと歯が白い。

「義基様自らが結城の城まで偵察に来るとは、夢にも思いませんでした」

藤太は黙っている。その太い腕に抱かれたまま、伽那は二人の会話の一言一言を聞いた。

鯛玄の家来が、倒れた治助の胸に太刀を突き刺した。治助は動かなかった。とうに死んでいるが、念を入れたのだろう。最後に刺さっていた矢を回収した。

「義基様以外は全て殺せ。一人も生かして帰すな」

鯛玄は、家来たちに命じた。

伽那は、藤太の褞袍に隠れるように身体を潜り込ませた。両手を藤太の身体に回して、しっかりとしがみついた。

「さて、お主はまことに義基様でござろうな」

鯛玄は、藤太を見つめた。

藤太は黙っている。

「違うなら斬り捨てねばならぬ」

それでも藤太は黙っていた。我慢できずに伽那が褞袍の中から顔を出した。

「殿は、間違いなく天下無双の矢部大炊助義基にございます。殿は雷様の生まれ変わり。家来の中には、火の神の化身だと言う者もおりまする。殿は、雷と火を自在に操りまする。並の武士にそのような真似ができましょうか。その殿に本物かと問い質《ただ》すとは無礼千万」

一息に言い切った伽那は、田圃《たんぼ》の泥鰌《どじょう》のように褞袍の中に首を引っ込めた。

「その可愛い娘は、どなたでござる」

鯛玄は聞いた。

「おれの」

藤太は口籠もった。何だろう、と言いたげに首を傾げた。

急いで伽那は褞袍から顔を出した。

「妻でございます」

言い終わると褞袍に隠れた。

「義基様は、幸せ者でございますな」

鯛玄は笑いを堪えている。

治助と手下たちを始末した六人の家来たちが集まってきた。

「みなの者、この御方の御尊顔を忘れるでないぞ。この御方こそ、結城城の西で三十七名の鎌倉武士をたった一人で殺した、矢部大炊助義基様にあらせられる」

鯛玄の家来たちの顔に驚きの表情が浮かんだ。

「戦とは言え、その折は酷いことをした。もしお主らの親類縁者、あるいは友垣《ともがき》がその中にいたのなら詫《わ》びる言葉もない」

藤太はそう言って、鯛玄とその家来を眺めた。

鯛玄は、ギョロリとした目をさらに開いた。今の藤太の言葉に驚いたが、すぐに真顔に戻った。

「義基様。戦とは情け容赦のないものでございましょう。我らも今、結城に籠城した兵二万人を殺しているところです。まもなく皆殺しにするでしょう」

藤太は頷いた。縕袍の中で、伽那は藤太の身体に回した手に力を籠めた。

「我らは、殿のお言葉を義基様にお伝えに参りました。いかにしてお伝えしようかと思案していたところ、偶然にもかの者たちに囲まれていた義基様をお見かけした次第でございます」

「殿というのは上杉憲信殿だな」

左様でござる、と鯛玄は言った。

「先日の義基様のお働きを、我が殿はいたく気に入りましてな。是が非でも義基様と戦をしたい、と申しております。そのためには城に残っていただかないとなりません。落ちのびてしまわれては、せっかくの楽しみがなくなると殿が申しておりまする」

「鎌倉勢が来る前に逃げ出すな、ということか」

「さようです。殿は、無類の戦好きです。戦の末に義基様を捕まえ、素手で命のやり取りをしたいと申しております」

「命のやり取りとは怖い言葉だ」

「義基様には、さほどではございますまい」

「憲信殿とおれと一対一か」

「余人を交えず。それが、我が殿の生き甲斐でございますれば」

鯛玄は、刀を抜いた。褞袍の中で伽那は小さな悲鳴を上げた。

「今日は我らが義基様をお助けしました。その命を戦の折に返していただきたい、ということでございます」

藤太は静かに鯛玄を見ている。

「いかがでございましょうか、義基様」

藤太の沈黙に褞袍の中の伽那も顔を上げた。

「鯛玄殿」

藤太は口を開いた。

「何でございましょう?」

「その顔の腫れは、おれの炎のせいか」

「この顔の心配は無用です」

鯛玄は、青黒く変色した顔で笑った。

「あの折はまことに驚きました。周りの鎌倉兵は炎と煙で命を落としましたが、それがしは運良く軽傷で済みました。この顔は」

少し言い淀んだが、すぐに言葉を続けた。

「我が殿の叱責を受けて鞭《むち》で打たれたせいでございます。義基様から受けたものではございません」

「可哀想」

伽那は、鯛玄の蚯蚓腫れを怖々と見つめた。

「宮仕えとは、かようなものでござりまする」

鯛玄は、伽那に笑いかけた。

「鯛玄殿。戦の折には必ず城でお待ちしていると憲信殿にお伝えください」

藤太は、正面から鯛玄を見た。

「約束していただけますか」

「ただし、こちらも容赦なく戦を仕掛ける。この首を憲信殿が取りに来るのなら、こちらも憲信殿の首を狙うことになるが、よろしいか」

大きな四角い顔が満足げに頷く。

「では、これにて」

鯛玄は家来たちに、帰るぞ、と言った。

「御家来衆」

立ち去りかけた鯛玄の家来たちに、藤太が声をかけた。みなが立ち止まり、藤太を振り返った。

「せっかく知己を得たのだ。それぞれの名前を聞かせてくれぬか」

戸惑った鯛玄が家来を眺めた。家来たちも又、どうしたらいいのかわからずに鯛玄を見ている。

「次に会うのは戦の場だが、今はそうではあるまい」友を見送るような目で、藤太は話しかけた。

すると、鯛玄のそばにいた大柄な武士が藤太の前に来た。

「因幡《いなば》五郎《ごろう》為末《ためすえ》でござる」

大柄で肩にも胸にも厚く筋肉が巻き付いた見事な身体だった。意志の強そうな落ち着いた眼差しの下に、大きな鼻がついている。

「見事な面構えだ。できるなら、おれの家来にしたい」

藤太は懐から明銭《みんせん》を出すと、因幡の手のひらに載せた。

「酒を酌み交わしたいが、そうもいかぬ。後でおれの分まで飲んで欲しい」

驚いている因幡の手に、伽那は大蒜を載せた。

「これで元気出して」

ひどく当惑した顔のまま、為末は下がった。藤太は、別の武士を手招きした。入れ替わりに藤太の前に立ったのは、中年の武士だった。藤太が中年の手に明銭を渡し、伽那は大蒜を載せた。藤太と伽那は、鯛玄の家来六人全員と挨拶を交わした。

鯛玄が残った。

すると鯛玄が藤太の前に来て名乗った。

「和田又太郎鯛玄」

「知っている」藤太は笑った。

鯛玄も笑いながら、藤太から小粒をもらい、伽那から大蒜を受け取った。伽那はそれだけでなく、懐から出した紙包みを鯛玄の手に載せた。

「火傷の薬です。腫れにも効くと聞きました。くれぐれも無理をしないで」

それは、さきほどの市で藤太のために買い求めたものだった。

鯛玄は頭を下げた。兜の庇《ひさし》で顔を隠した。そのまま藤太に背を向けた。

「義基様は」

声を出した。

「兵の命を奪うだけでなく、魂までも奪うようでござる」

鯛玄たちは静かに森の中へ去った。


藤太と伽那の二人だけが境内で息をしている。残りは死体だけである。藤太の縕袍にくるまれたまま、伽那はまだ藤太に抱きついている。

「伽那が、おれの命を救った」

「だって私は雷様の」

暖かな縕袍の中で、伽那は藤太の胸に頰を押し付けた。

そばに治助の大太刀が落ちている。藤太は治助の腰から鞘を奪い取ると、太刀を納めて左手に提げた。

十日の市に戻った二人は、もう一度大蒜を買い求めてから城へ戻った。

治助たちが城から消えて、野田安重は慌てた。

いつまで経っても治助が帰ってこない。それどころか治助に斬られて死んでいるはずの藤太が城を歩いている。何が起きたのかと当惑していた安重に、例の社の境内で治助たちが残らず殺されている、という報せが届いた。

たった一人で治助たち二十人近くを殺したのか、と安重は震え上がった。

普通の人間にそんなことができるはずがない。先日の野木神社で、鎌倉の斥候と安重の家来が小競り合いを起こしたときも、小半時も戦って勝負がつかなかった。双方が傷だらけになって、ほうほうのていで帰ってきた。安重の知っている戦とはそういうものだ。

あのひょっとこは、何者だ。

安重の膝が震えた。ひょっとすると城の者たちが噂しているように、本当に火の神の眷属なのかもしれない。

だとしたら、安重が治助をけしかけたことにも気がついているのではないか。

安重の疑心暗鬼は際限なく膨らんだ。夜が眠れなくなった。眠れないとわかると、家来を連れて近隣の商家を襲撃した。時に正気を無くしたかと思えるほどに人を斬った。逃げ出そうとする者を家来たちに捕まえさせると、手足を押さえさせて耳や鼻を切り落とす。そして城に戻って来るやいなや、家来たちの見守る部屋で酒を浴びるように呑んだ。

嘉吉《かきつ》元年（一四四一）三月が終わり、四月になった。

城内に住み込んでいた野伏の数が、日を追って減り始めている。一晩が過ぎるごとに、五人、十人と消えた。

「殺されたか」

安重は、酒で荒れた塩辛声で家来に聞いた。姿を消した野伏は治助と同じように藤太に殺されたのではないか、と思ったからだった。

家来は、わからないと答えた。

安重は家来を引き連れて、山崎の爺様を捜した。

その爺様は、城の西の空堀にいた。汗だくになりながら空堀に葦を投げ込んでいいる。場所によっては葦が地面の高さまで積み上がり、すでに堀には見えなくなってた。

「何をしている」

内側の門から顔を出した安重は、堀の向こう側にいる爺様に怒鳴った。

「空堀を埋めている」

爺様は答えた。

「埋める？」

安重は、改めて城を眺めた。考えてみれば城を見回るのは久しぶりだった。その間に随分と様子が変わっている。ふたつの空堀がほぼできあがり、その堀の間の土塀も立ち上がっていた。

城の外郭をなす外塀の内にある第一の空堀では、大勢の人間が、切り出した竹を堀全体に渡って組み上げていた。そこから中塀を潜《くぐ》ると見える第二の堀は、枯れた葦で埋まりつつあった。堀には数カ所に橋が架けられている。橋の両側には筵《むしろ》が垂らされて、堀の様子を隠していた。橋を渡る者が堀に落ちないようにとの配慮だったが、そのために橋からは堀の様子が見えない。城のことを爺様に任せっきりだったた安重は、今の今まで筵の向こうで堀が様変わりをしていることに気がつかなかった。

「堀を埋めろなどと命じた覚えはないぞ。これでは鎌倉軍に城に入れと言っているようなものだ」

安重は危うく舌を嚙みそうになりながら、息せき切って喋った。

「そうだ。鎌倉の兵を城に入れるために埋めている」

爺様は、平然と答えた。

「戦わないのか?」

安重は驚いた。

「さて、俵藤殿のお考えでの」

爺様はわざと首を捻《ひね》って見せたが、声は明快だった。

これもひょっとこか、と安重は身体の力が失せるような気持ちに襲われた。途端に怒気もしぼんだ。

「ひょっとこのやつ、戦わずに城を明け渡すつもりか」

「戦うために城を開けると聞いている」

「阿呆め。堀を埋めて戦えるわけがあるまい」

安重にはわけがわからない。だが相手は火男である。できるわけがないことをするかもしれない。

「鎌倉は、どうだ？」

安重は、話題を変えた。

「援軍が到着したそうだ」

「結城の城を攻めるのに、まだ兵を増やすか」

安重が呆れたように言った。

「いや、結城は数日で落ちる。この城を攻めるための兵だろう」

「いかほど増えた？」

安重は顔の汗を拭った。意外なほどに手のひらが濡れた。

「二万だ」

爺様は、指を二本立てた。

二万？

安重は口を開いたが、言葉にはならなかった。

「すでに結城城の周りには十万の鎌倉勢がいる。これで十二万だ」

爺様は、両手の指を立てて安重に示した。

十二万。

その数字は、安重の頭でどうにも形にならなかった。安重は、それほどの大軍を生まれてから一度も目にしたことがない。

「この城にいるのは、たったの三百だぞ」

安重は言葉を絞り出した。

「違う」

爺様は首を振った。

「増えたか」

一瞬、安重は期待した。近辺から牢人たちが集まってきたのだろうか、と思ったからである。

「逆だ。ここ数日で野伏が減った。城にいる者は、二百を切った」

「二百を、か」

体中の力が抜けてしまったのか、安重は開いた口を閉じられなかった。

十二万の鎌倉勢に対して、二百足らず。

その数を聞いた途端に、空堀を埋めようが埋めまいが、安重にはどうでも良くなった。堀をいくつ拵えようが何も変わるまい。ここから見える大地の全てが、鎌倉の兵で埋め尽くされるだろう。そんなときに空堀が何の役に立つというのだ。

「どうして野伏が消えた？」

安重は気になっていたことを爺様に聞いた。

「逃げたのよ」

答えは簡単だった。

身体から力が抜け落ちるような当たり前の答えだった。当然ながら、野伏たちにこの城で討ち死にをする理《ことわり》はない。安重は顔の汗を拭いた。彼自身が、今すぐに逃げ出したかった。と言うよりも、心はすでに城から飛び出している。城に居座れば死以外のものは残るまい。

「おれも戦の支度にかかるとするか」

引き攣《つ》った顔を無理矢理に笑わせながら、安重は目の前の堀を見た。

堀の底で、藤太が汗みずくで働いていた。

参　火男

　嘉吉《かきつ》元年（一四四一）四月十六日に結城《ゆうき》城は落ちた。

　その翌日には鎌倉《かまくら》軍が順繰りに結城を発《た》ち、古河《こが》に向かって動き出した。放った斥候《せっこう》が次々に戻ってくる。いずれも青ざめた顔で鎌倉勢の大軍の凄《すさ》まじさを伝えた。野を埋め尽くしている、という。

「抜け穴か」

　矢部義基《やべよしもと》は、暗い穴を覗き込んだ。嬉しそうには見えない。

「何とか間に合いました」

　穴の奥から戻ってきた御坂小五郎《みさかこごろう》が顔を出した。その顔が泥で汚れている。塀脇の小屋の底に、ようやく人が一人通れるほどの穴が貫通した。

「雀《すずめ》神社の森に抜けられます」

「逃げられたとしても、抜け穴の出口が見つかったらまずかろう。神社の目の前が川だ。そこから川を渡ることくらい鎌倉側も察する。これがために川向こうも安全ではなくなるぞ」

「森の出口に岩を用意しました。通り抜けた後で岩を落とせば、出口は見つかりません」

「それでも、城の中から抜け道を辿られる」

義基は、なおも不安な顔で重ねた。

「出口に蓋《ふた》をしてしまえば、中から押し開けることはできません」

「かもしれんが、抜け道があることはわかる。いっそのこと、通り抜けた後で城側の入り口も塞《ふさ》いだらどうだ。さすれば鎌倉は抜け道そのものに気づくまい。人というものはな、謎《なぞ》があれば解かずにはいられぬ生き物だ。入り口があれば、必ず出口を探し出す。鎌倉は、徹底的に出口を探すだろう。つまりな、謎そのものを残さぬことが肝要よ。人も消えるが、抜け穴も消す。何もかもが跡形もなく消える。そうでなくてはなるまい」

「その場合、誰かが城に残らなければならなくなります」

小五郎の顔に不安が過《よ》ぎった。

「難しいものだな」

義基は、脂肪の貼りついた頬を撫でた。


山崎の爺様《じいさま》と青田《あおた》七郎太《しちろうた》、その他に数人の野伏《のぶし》たちが、大きな籠《かご》を背負って藤太《とうた》と共に城を出た。すでに周囲の田畑の雑草は引き抜いてあり、茶色い畑地が広がっていた。彼らは、遠目に見える葦を刈り取った小高い場所へ向かって歩いた。

「一両日中に鎌倉が来るが、見知らぬ城で戦うことは怖くないか？」

爺様は、並んで歩いている藤太に聞いた。

藤太は答えない。

「怖いわけがあるまい、爺様よ。伽那《かな》様に聞いたが、俵藤《ひょうどう》様は鎌倉の大将上杉憲信《うえすぎのりのぶ》を城で待ち受けると誓ったそうだ。俵藤様は、その誓いを守るために戦う。そうではありませぬか？」

前を歩いている七郎太は、藤太に同意を求めるように問いかけた。

藤太は頷かない。無言で歩いている。

「そうではないの」

爺様は、笑いながら否定した。

「では、伽那様だ。俵藤様は、なんとしても伽那様を守りたいと思っている。だからこそ我らと共に戦う。そうに違いあるまい」

七郎太は、食い下がった。

無言で藤太は歩いていく。

「それも間違いだ。お前は何もわかっておらぬ」

爺様は自信ありげに、首を振った。

「それでは一体何のために、あの城で戦うのですか？」

立ち止まった七郎太は、爺様に食いつくような勢いで聞いた。

「俵藤殿はな、雲の上の連中に一族を見殺しにされた怒りがあるのよ。一族の仇を討つために戦うのだ」

爺様は、得意げに藤太に顔を向けた。藤太は頷かなかった。立ち止まって爺様の顔を見たが、何も言わずにまた歩き出した。

「どうやら、おれも間違っていたようだ」

爺様は、大きく首を振った。


藤太が立ち止まった。

小高い場所と城との真ん中辺りの地面に、藤太は一尺ほどの深さの穴を掘らせた。その穴に、七郎太の背中の籠から取り出した素焼きの壺《つぼ》を埋めた。壺は真桑瓜《まくわうり》ほどの大きさで、中には藤太が捏《こ》ねた黒い土が詰めてある。わずかに壺の頭が地面の上に覗く程度に埋めると、その上に薄く土を被せた。

藤太は、最初に埋めた壺から五十歩目の場所に次の穴を掘らせた。そうして、五十歩ごとに壺を埋めていった。小高い場所に着くと、その周囲に残っていた壺を撒き散らすように埋めた。

「この壺は?」

埋め終えた壺に土を被せながら、爺様は聞いた。

「橋だ」

藤太は、ようやく口を開いた。

「川を渡る橋とな」

爺様は、聞き間違えをしたのかと思って、重ねてたずねた。

「三途《さんず》の川には橋がかかっていると親父に聞いた」

「それなら知っておる。この世で善行を積んだ者は美しい橋を歩いて三途の川を渡るそうだが、俵藤殿ならその橋を渡れるであろう」

「いいや、おれも渡れぬさ。だから己で橋を用意をしている」

最後の壺を埋め終えた藤太は、立ち上がって伸びをした。

「この橋を渡るときには、おれは、多分死んでいる」

「そのときは、我らも共に」

「生憎《あいにく》と、この橋は一人しか渡れぬ」

藤太は吹き過ぎていく風を捕まえようとするように、空に向かって手を伸ばした。

十八日に、鎌倉勢の第一陣が、古河城から目と鼻の先にある野木に到達した。鎌倉の動きが予想よりも早い。第一陣は一万余りの軍勢だったが、それでも地を覆うほどの大軍だった。野木に布陣するや、百人単位の部隊を四方に放った。城から逃げ出そうとする者を漏らさず殺すためだった。連絡を取り持つ騎馬武者が、母衣《ほろ》を背負って雀蜂《すずめばち》のように城の四方を駆け回りだした。


その夜。

城の金蔵で、野田安重《のだやすしげ》は麻袋に砂金を詰め込んでいた。金蔵に積み上げてあるのは、この一年の間に近隣の豪商から奪い集めた砂金だった。安重は信用できる五人の家来と共に砂金を袋に詰めた。遠くで法螺貝《ほらがい》を吹き鳴らす音が聞こえる。鎌倉勢が、城内にいる者たちを震え上がらせ、かつ眠らせないように吹いている。法螺貝が鳴る度に、安重の手が震えて砂金が零《こぼ》れた。

鎌倉は、全ての逃げ道を塞ぎつつある。今夜のうちに城を出なければ生き延びられない。だが、詰め込んだ砂金の袋が二十を超えた。全てを運び出すには荷車がいる。

無理だ。

安重は歯噛みをした。鎌倉の大軍の中を、荷車を引いて逃げ通せるわけがない。

「馬に積めるだけにしろ」

やむなく半分を置いていくことにして、十袋の砂金を担いだ。その中のひとつがひどく大きい。彼らは、暗闇の中で黙々と馬に積んだ。作業が終わると騎乗した。

安重が家来の手を借りて馬の鞍《くら》に這い上がったときに、突然、周囲が昼間のように明るくなった。松明《たいまつ》を持った男たちが、六頭の馬を取り囲んでいた。

「砂金を積んで、どこへ行かれる？」

矢部義基だった。十人ほどいる義基の家来は、すでに抜刀している。対する安重の家来も、馬上で刀を抜いた。松明の炎を見て興奮したのか、安重を乗せた馬がいきり立った。地面を掻《か》く蹄《ひづめ》の音が固い。

「出会え」

安重は怒鳴った。金蔵に入ったのは五人の家来だけで、その周囲に残りの家来たちを手配したはずだった。だが何人かの名を呼んでも、誰も姿を見せない。

「呼んでも無駄だ。頼りの家来たちは、お主が金蔵で大層な時間を掛けている間に痺《しび》れを切らして城を落ちた。今頃は鎌倉勢に捕まっている」

松明の光に照らされた義基の顔が、悪鬼のように笑った。

「捕まったとはどういうことだ？」

思いも掛けぬ展開に、安重の声が慌てた。

「鎌倉の武者が堀のすぐ向こうまで駆けてきている。その者へ『城から逃げ出した者たちが南へ逃げた』と投げ文をしておいた」

「仲間を売ったのか」

「もう仲間ではないわ」

「おれは、このまま城を出るぞ」

馬に乗ったまま、安重は義基を睨みつけた。

「城を出たければ、砂金を置いていけ」

「半分は残した。おれの家来は腕が立つ。おめおめとは殺されぬぞ」

「やってみるか」

「おっと、忘れていたわ」

安重は自分の鞍に載せている大きな麻袋を開いた。中から伽那の顔が現れた。手足を縛られ、猿轡《さるぐつわ》を嚙まされている。

「お、おのれは」

義基は目を剝《む》いた。

「いや、わかっているさ。大炊助《おおいのすけ》様が、娘よりも砂金が好きなことぐらいはな」

安重の笑い声に弾みがついた。

「だがな、大炊助様よ。この娘は、あのひょっとこをつなぎ止める大事な鎖だ。鎖がなくなれば、ひょっとこは城に残るまい。そうなると大層困るのではないかな」

安重の馬が、義基の前を行き来した。時に、馬の吐く息が義基の顔にかかるほどに近づいた。

「どうした、大炊助。舌を失ったか」

義基は、唇を震わせながら立ち尽くしている。

「伽那を置いていけ」

暗闇から、よく響く声が飛んだ。安重は、声が聞こえた暗闇に目を凝らした。

「その娘は、おれのものだ」

藤太は相変わらず、どっしりとした縕袍《どてら》を着込んでいた。藤太を見た安重は狼狽《ろうばい》して馬から落ちそうになった。が、何とかしがみついた。安重は、藤太が怖い。だが今は、藤太の唯一と言っていい弱みを手元に握り込んでいる。伽那である。この娘を捕らえている限り、火男《ひをとこ》といえども手が出せぬはずだ、と安重は己を励ました。

「ひょっとこ殿に言われても、返せぬわ。この娘は城から出るための手形よ」

「では聞くが、城を無事に出られれば伽那を置いていくか？」

「この砂金も、おれと一緒に出たがっている」

鞍に載せた袋を、安重は手のひらで叩いた。

藤太は、義基に近づいた。

「彼らを行かせてやれ」

「城を逃げ出す者に、あれほどの砂金をくれてやる気はない」

義基は、首を左右に振った。

「半分は蔵に残っている。ここで斬り合えば大事な兵が傷つく」

「兵よりも砂金だ」

平然と言ってのけた義基の言葉に、周りにいる小五郎や七郎太たちが口を閉じた。

わかった、と藤太は答えた。

「安重様。今からおれが近づくが、逸《はや》るな。家来たちにも動かぬように言え」

藤太は、安重に声をかけた。

「あまり近づくなよ、ひょっとこ」

短刀を抜いた安重は、鋭い刃先を伽那の首に当てた。手が震えている。

斬り合いではない、と藤太は言った。ゆっくりと安重の馬に近づいた。

「この城を義基様にくれてやる、と約束して欲しい」

「この城は明日にも落ちるんだぞ」

「それでも約束してもらいたい」

「そうしたら、どうなる？」

安重は、不安と恐怖の入り混じった目で藤太を見つめた。

藤太は、義基に向き直った。

「安重様が約束をしてくれれば、この城はたった今から義基様のものだ。あの砂金で城を買ったと思えば惜しくはあるまい」

「城を売り買いしようと言うのか？」

義基は、驚いた顔で藤太を見た。そんな話は聞いたこともない、と唸った。

「あの砂金でこの城を買う。悪くない商いだろう」

「城を金で買えと言うか」

義基は、暗闇に包まれた周囲の建物を見た。安重の馬の蹄がかつかつと鳴る。やがて義基は、よかろう、と言った。

　義基の答えを聞いて、藤太は安重に近づいた。

「城を義基様にくれてやると約束するなら、砂金と共に出て行ける」

「商いは重畳《ちょうじょう》だが」

　安重は疑り深そうな顔を藤太に向けた。囁くように言った。

「この娘を返した途端に斬り合いになるのは目に見えている。大炊助の言葉を信じたら痛い目に遭うわ」

「おれが城の門までついていく。おれがいれば斬り合いにはなるまい」

「火男が、おれを守るか」

　藤太の言葉に、安重は安堵《あんど》した。懐から紙と筆を取り出すと、「城を矢部大炊助義基に譲る」と手早くしたためる。その間は、藤太が馬の手綱《たづな》を握った。筆を走らせながら、安重は不安そうに何度も藤太に目を走らせた。藤太は、鞍に付けられた砂金の袋まで確かめている。

「穴を開けるなよ、火男」

　書き終わった安重は、証文を藤太に渡した。

証文に素早く目を通した藤太は、これで良いと頷いて義基に渡した。受け取る義基の手が震えた。

「みなの者、聞け。この城は、たった今からここにいる大炊助の城だ。この美しい城の主は、矢部大炊助である」

安重は、大声でそう怒鳴ってから、これで満足だろう、とそばに立っている藤太に囁いた。

藤太は、義基に向き直った。

「兵を下げてくれ」

義基は証文を大事そうに懐に仕舞い込んでから、家来たちに下がれと命じた。安重の前に道が開いた。藤太は、手綱を引いた。

「のう、火男」

馬上の安重は身体を屈めて、手綱を引く藤太に囁いた。

「おれの家来にならぬか。高禄で雇うてやる」

無言のまま、藤太は手綱を引いて歩いていく。ようやく余裕を取り戻した安重は、くっくっと喉を鳴らして笑った。

安重の馬が城を出て行く。

細い水堀に渡した橋を越えた。堀には、渡良瀬川の水を引き込んである。周囲は月明かりで昼間のように明るかった。白と黒の明暗のみの世界に、堀の水が墨のように溜《た》まっている。遠くで魚が跳ね、水が白く輝いた。堀の水面が普段よりも高い。

「随分と水を引き込んだな」

馬上の安重は、首を伸ばして水堀を見下ろした。藤太は黙って馬を引いた。十間《けん》ほど進むと、新しく作られた内塀がある。新しく拵《こしら》えた三つの土塀のうちの、最も内側にある塀だった。急場しのぎで作られたために屋根はない。簡単な門が作られていて、この内門から中央の土塀との間に細い橋が架けられていた。工事の間、橋の両側に掛けられていた筵《むしろ》が取り払われて、見通しが利く。足の下に広がる空堀は、枯れた葦を地面の高さまで積み上げてあり、とても堀には見えなかった。

「どうしてこんなことをする?」

馬に揺られながら安重は聞いたが、藤太は答えない。

葦で埋めた堀を越えて中塀の門を潜ると、ふたつ目の空堀があるはずだった。その空堀が、跡形もなく消えている。中塀と外塀の間は、まるで京の朱雀大路《すざくおおじ》のように広い平らな地べたに変わっていた。

「堀はどうした。ここに掘ったはずだ。あの堀を埋めてしまったのか？」

安重は周囲を見回して、そこにあるはずの堀を捜そうとした。しかし目を凝らしても、どこまでも平らな地面が広がっているだけだった。

「安重様」

手綱を握った藤太は追手門《おうてもん》を潜り抜けた。

「火男。あの堀をいかがした？」

「城を出た。伽那を返してもらう」

すでに城の外である。

安重は馬を操り、手綱を握っている藤太の周りをゆっくりと回った。後ろから家来たちも追いついてきた。月明かりの下に、色のない荒れ果てた田畑が広がっている。

「おれが素直に娘を渡すと思うか？」

にんまりと笑いながら、安重はするりと刀を抜いた。

「この娘を押さえている限り、何もできまい」

太刀先《たちさき》を、藤太の喉元に向けた。

「渡すだろうな」

藤太は落ち着いている。

その落ち着きが、安重の不安を掻き立てた。

「何故《なにゆえ》、そう思う？」

藤太は手綱を右手に握ったまま、左手で褞袍の袖の中から小さな筒を取り出した。

紙を筒状にして油と漆《うるし》で固めたものだった。

「それは何だ？」

喉に言葉が詰まったように、安重の声が途切れた。

「遠見《とおみ》の治助《じすけ》を炎で丸裸にしたものと同じものだ。あのときよりも数倍の力がある」

この筒を、と藤太は言った。

「安重様が証文を書いている間に、その鞍に仕込んだ。伽那を返さなければ安重様の尻が吹き飛ぶ」

「なにぃっ」

安重は、大きな尻を鞍から浮かせた。

「尻がなくては厠《かわや》で用を足しにくかろう」

「待て待て。冗談だ。本気にするな」

慌てて笑い顔を拵えた安重は、刀を鞘に納めると藤太に顔を近づけた。

「おれたちは仲間だ。そうであろう？」

「伽那を」

「仕掛けた筒を外すのが先だ」

中腰の安重は、伽那の袋をしっかりと握り締めている。

「家来たちを先に行かせろ」

「お主は、大炊助よりは大分賢いな」

安重は家来たちに向かって、先に行けと命じた。家来たちの馬が十間ほども進んだのを見て、さて、火男と言った。「筒を外せ」

手綱を片手でしっかりと握ったまま、藤太は左手を伸ばして仕掛けた筒を回収した。それを見た安重は、伽那を押し込んだ袋を持ち上げた。

「火男、受け取れ」

伽那の頭を下に向けて袋を落とした。

藤太は、袋から離れた安重の手が刀に伸びるのを見た。それが見えていても、伽那の袋を受け取らなければならない。頭から落ちれば、伽那は死ぬだろう。迷った。が、心よりも先に身体が動いた。手は、伽那を抱き留めている。

安重の刀が奔《はし》った。

藤太は、伽那を抱いたまま後ろへ跳んだ。同時に、馬の尻を蹴った。馬が後ろ足を蹴上げるように跳ねた。

が、すでに斬られていた。

尻を蹴られた馬は安重を乗せたまま走り出している。藤太は、右手で伽那を抱き留めたまま血を撒き散らして横転した。


地に藤太が倒れている。

門の向こうから小五郎たちが駆けつけてきた。

藤太は静かに目を開いた。

「油断をしないようにしていたが、抜け目のなさでは向こうが上手だ」

「腕が」

小五郎は、藤太の腕を見た。肘から手首の間を深く斬られている。小五郎は細引きで藤太の肘の上を固く縛った。

「動きますか？」

「筋を切られたようだ」

藤太は、自分の左腕を眺めた。動かそうとしてみたが、指の一本すら動かなかった。

七郎太は、伽那を袋から出した。両手の縛《いまし》めを解かれた伽那は、しがみつくように藤太に抱きついた。

「もっと固く縛ってくれ。まだ血が漏れる」

伽那を右腕で抱き留めながら、藤太が言った。

「これ以上強く縛ると肘から先が死にまする」

「後二日だ。それだけもてば良い」

藤太は、笑い顔を見せた。

翌十九日の朝、城の見張りが、門の前に三十ほどの首が並べられているのを見た。いずれも、逃げ出した安重の家来たちの首だ。城からは一人も生きて出さないという脅かしだった。

この朝までに、結城から到着した鎌倉勢は四万を超えた。すでに城の東に分厚い壁のように布陣している。

その日の午後、門の前にさらに四十五の首が並んだ。

御坂小五郎は、矢部義基に呼ばれて本丸の館へ入った。

「小五郎か」

座敷の奥から義基が声をかけた。その声が糸のように細い。義基は、普段着の素《す》襖《おう》を着たままでいる。鎧《よろい》は、座敷の脇に置いた鎧櫃《よろいびつ》に入ったままだった。蓋は開けてあり、太い鍬形《くわがた》の飾りが覗いていた。

小五郎は、すでに甲冑《かっちゅう》を身に着けている。

「伽那は、どうしても城を出ぬか」

「俵藤殿から離れようとはいたしませぬ」

「さようか」

人形の首が回るように、義基の首がするりと横を向いた。

「手にしてみると、さほどのこともないのう。あれほど恋い焦がれていたのが嘘のようだ」

義基の手が懐に伸びて、安重からもらった証文を取り出した。それをぱらりと膝の前に開いた。

「あれほどの大軍を」

義基の声が途切れそうになる。

「わしは初めて、あれほどの大軍を見た。わしが思い描いていたものと随分と違う。あれが鎌倉か。あれが」

また言葉が途切れた。

「攻めてくるのか」

「戦が始まるのは明朝かと思われます。まだ半分も揃うておりませぬゆえ」

義基は口を開けた。開けたまま、凍りついたように動かなくなった。

小五郎は低く呻《うめ》くような声を聞いた。主が泣いている、と思った。だが違った。

義基は笑っていた。引き攣《ひつ》ったように横に開いた口から、低い笑い声が漏れている。笑い声は止まず、とめどなく続いた。正気を失ったか、と小五郎は主を見つめた。義基は、緩んだ口元から際限なく笑い声を垂れ流した。やがて蝿《はえ》を追い払うように手を振った。出て行け、ということだった。小五郎は座敷を辞した。小五郎が襖《ふすま》を閉めた後も、まだ笑い続けていた。

その日、鎌倉勢は動かなかった。日が沈む頃に、城に残った者たちは広場に集まった。

城の周囲には鎌倉勢が溢れている。日が落ちてもなお、そのざわめきは百万の蜂の羽音のように聞こえてくる。移動する足音は地を揺らした。見張り台に上った者は、星の数よりも多い篝火《かがりび》を見た。

山崎の爺様は、長大な弓を空に向かって構えて弦《つる》の具合を慎重に確かめていた。矢を入れておく空穂《うつぼ》にはぎっしりと矢を詰めてある。

左腕に晒《さらし》を巻きつけた藤太のそばに、伽那が寄り添っていた。小五郎は片膝を立てたまま、頭を深く曲げてじっとしている。他の者たちも無言だった。

そこへ七郎太が、義基の下人を一人、襟首《えりくび》をつかんで引っ張ってきた。七郎太の鎧ががしゃがしゃと鳴った。

「殿が逃げたぞ」

七郎太は、小五郎の前に下人を放り出した。初老の痩せた下人は、地面に両手をついて肩で息をした。

「殿は他の下人を連れて抜け穴から逃げた。残ったのは、こいつだけだ」

七郎太は、目の前の下人の尻を蹴った。


雀神社の森へ通じた抜け穴の出口は、通路の天井がそのまま上に向かって撥《は》ね上げる板戸になっている。だが小五郎が、通路に横たわったまま両手で板戸を持ち上げようとしても、びくともしなかった。

「どうだ?」

通路の奥から七郎太が手燭《てしよく》の光を向けた。

「駄目だ。岩を落として出口を塞がれている。殿は、抜け出した後で鎌倉方に出口が見つからぬように隠したのだ。出口を塞がれては、通路が残っていても抜け穴は使えぬ」

抜け穴から戻ると、二人は爺様に報告した。

「抜け穴を使うには、誰かが城の外へ出て雀神社の森にある出口まで行き、塞いでいる岩を取り除くしかない」

「すでに城の外に出ることはかなわぬ。出れば、鎌倉兵に串刺しにされるわ」

爺様は、塀の向こうの空を見上げた。鎌倉勢の篝火で夜空が橙《だいだい》色に染まっていた。

「ここで死ぬか」

七郎太は、下人の尻を蹴った。

「お、お助けを」

下人は頭を抱えながら蹲《うずくま》った。

「殿は鎌倉と戦うと言っていたはずだ。何故、逃げた?」

小五郎は、這い蹲《つくば》った下人の頭を持ち上げた。

「蔵の砂金が大事だと」

「この期《ご》に及んでも、金か」

「あの砂金は皆様の暮らしのためだと仰って、それがなければ皆様の一族を養えないとも。それを守るのが自分の仕事だと」

嘘だ、と爺様は冷ややかに笑った。

「あれは、魂の脆《もろ》い男だ。狡猾《こうかつ》なくせに肝が据わっていない。頭の中では何でもできると考えていたのだろうが、大軍を実際に目にした途端に竦《すく》み上がったに違いない。肝を冷やして、なりふり構わず逃げ出したのよ」

「殿から小五郎様に伝言が」

下人は地面に跪《ひざまず》いたまま、喋った。

「何だ？」

「城内にある抜け穴の入り口も、見つからぬように塞げと。さすれば小五郎様の妻子が追われずに済むと」

小五郎は拳を握り締めた。下人は殴られると思って頭を抱えたが、小五郎は動かなかった。

「自分は金を持って逃げ、戦は城に閉じこめた我らにやらせようというわけだ。川の向こうから、我らが死ぬのを見物するつもりだろう」

爺様は唾を吐いた。

「これが、今の世よ、爺様。雇う殿も、雇われる我らも、まず金だ」

拳を握り締め、目を吊り上げたままで小五郎は笑った。凄絶な笑い顔になった。

「もうひとつございました。もし皆様が無事に城を出られたら、また家来に雇ってくださると」

小五郎が腕を振った。下人は吹っ飛ぶように地面に倒れた。

「この男を城から追い出せ」


城は、闇の中に沈んでいる。

暗闇の中で、みなが大きな輪になって座っていた。八十四人。それが城に残った人数だった。藤太は痛み止めに、野草のセンキュウの根を嚙んでいる。顔が青い。

藤太の後ろには伽那が座っている。

「戦をするには殿が必要だ。殿がいなければ戦えぬ」

山崎の爺様が、暗闇の向こうから声を発した。

「その殿様は逃げたではないか。抜け穴を塞いでな」

別の方角で、手のひらの大きな野伏が笑った。

「何をしても同じだ。あの大軍相手になにができる」

野伏は、その両の手のひらを、降伏するように皆に向けて開いた。

しばらく沈黙が続いた後で、小五郎が立ち上がった。

「ひとつだけ、できることがある」

「何だ?」

大きな手を持つ野伏が聞いた。

「おれたちが殿を選ぶ」

「殿を?」

「お主が野伏に身を落としたのも同じだろう。我らはいつも殿に選ばれる。頭を下げて雇うてもらう。身と心が腐り出すような、こんな扱いを受けても、殿を替えるわけにはいかぬ。野伏になったほうがましだと思うのも当然だ」

野伏が笑った。

「だからこそ今宵は、殿にふさわしい者を、我らで選ぼうではないか」

小五郎は暗闇を見回した。

七郎太が黙る。野伏も黙った。そんな者がいるか、とは誰も思わない。答えは、みなの心の中にすでにある。

「鎌倉には憲信がいるが」

一人の野伏が口を開いた。

「鬼の角だ」

別の者が頷いた。

「こちらには、火の神様がいる」

「ひょっとこか」

「ひょっとこではない。火男と言え」

また違う方角で声が起きた。その声に次々と声が重なる。

「そうだ。我らには火男がいる」

鎌倉に憲信がいるなら、我らには火男がいる。

その声が広場に満ちた。

七郎太は、館へ向かって走った。戻ってきた七郎太は、座敷に残されていた義基の兜を藤太の前に置いた。

「さあて、殿。我らが何をすべきか、命じてくれ」

爺様が藤太に向かって声を張り上げた。

ゆっくりと藤太は立ち上がった。八十余名の輪の中央に歩いていくと、そこに尻を下ろす。

「小五郎殿」

「小五郎、と呼び捨てになされ」

小五郎は笑みを浮かべて藤太を見つめた。

「今さら呼びにくい」

「殿が来られてからこの城に吹く風が変わりました。北風のように冷たく、この身を震わせていたものが、春風のように心地良い、暖かなものに変《へん》じました。それまでには一度もなかったことです。今、城に吹くこの風は、俵藤様が吹かせたものに違いありませぬ」

「その通りです。それがしは古い殿について逃げ出すくらいなら、火男様と共に城で戦いたいと思うておりました」

七郎太は、黒い顔を綻《ほころ》ばせた。

「おれもだ。この目で火男の本領を見たい」

野伏も、真剣な顔を藤太に向けた。

私もです、と伽那は言った。

「雷様は百雷の如き音と共に、三人の鎌倉兵を瞬《まばた》きをする間に倒しました。その雷様が本気で怒ったら何が起こるのか、私も見たい」

伽那は、身もだえをするように喋った。

藤太は苦笑いを浮かべながら、右手を伸ばした。何かを握り込むように指を動かすと、手のひらに炎が生まれた。おう、と周りから声が漏れた。藤太の手の炎が、みなの顔を照らし出した。その炎を藤太は二間ほど先の地面に放った。小さな炎は鼠《ねずみ》のように地の上を転がり、ぼっと音を立てて一尺ほどの炎に化け、さらに明るくみなを照らし出した。爺様を照らし、小五郎の姿を赤く染めた。七郎太の笑い顔も、野伏たちの顔も光に包まれ、伽那の姿を闇の中に浮かび上がらせた。

「次は」

褞袍の袖から藤太が取り出したのは、安重が出て行くときに彼の馬に仕掛けた小さな筒だった。それを炎に投じた。小さな爆発と共に九尺ほどの炎が噴き上がった。

みながどよめいた。中には手を叩く者さえいた。

「では遠慮なく呼ばせてもらうが、小五郎」

藤太は、小五郎に顔を向けた。小五郎が頭を下げた。

「蔵から酒を持ってきて、みなに呑ませたい」

「ただいま」

小五郎は蔵へ向かった。

「伽那。みなに食べるものを」

「すぐに用意します」

「一人で大丈夫か?」

「御殿様、私が」

暗闇の中から、はるが現れた。

「はるは逃げなかったのか?」

「私は最後まで伽那様に従います」

「伽那。そなたは一人ぼっちじゃないぞ」

藤太は、立ち上がった伽那を見上げた。

伽那は嬉しそうに頷いた。

「御殿様もよ」


みなが酒を呑み、共に食事をした。

「殿。このままでは左腕が使えなくなりましょう」

杯に酒を注ぎながら、爺様は心配そうに藤太を眺めた。

「気にするな」

藤太は、晒を巻きつけた左腕を見た。肘から先はまったく動かない。藤太だけは酒を呑んでいなかった。草の根を齧《かじ》っている。

「では話してくれませぬか。殿の話を皆が聞きたがっています。どこから来たのか。殿が自在に使う火は何なのか。聞きたいことは山ほどありまする」

皆が藤太を見つめていた。藤太は頷いて立ち上がった。

「明日は大戦《おおいくさ》になる。二つの空堀の仕掛けで鎌倉勢を待ち受ける。皆は、おれが話した通りに動いて欲しい」

「楽しみで今夜は眠れぬわ」

爺様の言葉に、皆がどっと笑った。

「おれは、穴の底で生まれた」

藤太は話した。

「我が一族の役目は、燃える土を探し出すことだった。元寇《げんこう》の頃より探し始めて、曽爺様《ひいじじ》も、爺様もついに見つけられなかった。見つけたのは、おれの親父だ。親父には左腕がなかった」

親父が左腕を失ったのは、おれが四歳のときだ。だが、そのときのことを親父が話してくれたのは、親父が死ぬ数日前のことだった。そう藤太は話し出した。

轟音《ごうおん》と共に何も見えなくなった、と親父は言った。

轟音と共に何も見えなくなってな。

気がついたら、おれは穴の底に倒れて、左腕に大きな岩が載っかってた。腕を押し潰《つぶ》した岩を動かそうとしたが、押せども引けども動きやしない。びくともしなかった。その痛みが泣き叫びたいほどに襲いかかってくる。

四歳になった藤太は、穴の外の森の中に一人っきりだ。おれが行かなきゃ藤太も死ぬが、そのときは藤太のことを考える余裕がなかった。その近辺は他の誰かが来るような場所じゃない。助けを呼んでも誰も来ない。暴れても叫んでも、腕を押し潰した岩はどうにも動かん。

長い間苦しみ続けた末に、おれはひとつだけ助かる方法を見つけた。肩の下を縛り、腕を切り落とせばいい。そうすれば身体が自由になり穴から出られる。だが、おれは笑った。泣きながら笑った。そんなことができるかと思った。そんなことをするくらいなら、死んだほうがましだ。つまり諦めるしかないと言うことだ。だから、できることはなくなった。頭がぼんやりしてな。終わりだ、と思った。何もかも終わったんだ。後は死ぬのを待つだけよ。諦めたんだ。何もかもな。諦めて目を閉じた。

そのとき、声が聞こえた。

父上。

それは、藤太の声だった。

父上、お魚《とと》が食べたい。

おれは慌てて周りを見た。藤太がそこにいる、と思った。蠟燭《ろうそく》が消えずに灯っていた。それで穴の中がぼんやりと照らされていた。いや、もちろんいるはずがない。藤太は遥か遠くにいるし、何より幼い藤太に穴は下りられない。幻だよ。朦朧《もうろう》として幻の声を聞いたらしい。しばらく穴の中を眺めていたが、諦めて地面に頭を落とした。無理だ。もう二度と藤太に会うことは叶うまい、と思った。

諦めて目を閉じた。

「おいら、父上が獲《と》ったお魚が一番好きだ」

おれは、目を開いた。

「ねえ。父上。どうしておいらのお魚のほうが大きいのさ。父上のほうが身体が大きいんだから、大きなお魚を食べなよ」

藤太が楽しそうに喋る。

「父上、今日はお魚が一匹だけだ。じゃあ、おいらは要らない。父上が食べなよ。ううん。おいら、今日は御飯《おまんま》だけでいい。父上の炊く御飯、おいら好きだ。美味しいよ。おいら、お魚より何より、父上の御飯が一番好きだ」

ここで死ねるか。こんなところで、藤太を放り出して死ねるわけがないだろう。

死んでいいはずがない。岩に腕を押し潰されたくらいで、ここで死ぬわけにいくか。

おれはな、ようやくに見つけた。長い間探し求めたものをとうとう見つけた。それは朝廷が見つけろと命じたものじゃない。その褒美でもない。そんなものは石ころと同じだ。おれが探し続けていたものは、おれが探し続けた宝は、明日も藤太と二人で森を歩くことだ。

それだけだ。

「父上。おいらも明日、お魚を獲るよ。一緒に獲ろう。おいらね、父上のために一番大きなお魚を獲ってみせるよ」

ここで死ぬわけにいかぬ。断じて死ぬわけにはいかぬ。ここでおれが死んだら、森の外で待っている藤太も死ぬ。諦めていいはずがない。ここを出られる方法があるなら、それがどんなことでもやらなくちゃならない。何としても、どんなことをしても、もう一度藤太に会いたい。おれは明日、藤太と二人で森を歩きたいんだ。

だから。

だから腕を切った、と親父は言った。

藤太は続ける。

「左腕を押し潰されて動けなくなったときに親父が何よりも怖かったのは、穴の外に一人残したおれと会えなくなることだった。親父はなんとしても穴から抜け出して、おれを助けようとした。今一度おれに会おうとした。一日でも、二日でも長く、おれと暮らそうとした。そのためなら片腕など惜しくない、と言った」

おれには長い間わからなかった、と藤太は言った。

「人はそんなことをしない。するわけがない。誰かのために自分の腕を切るなんて、おれにはできないし、するつもりもない。そう思っていた」

この城へ来るまではな、と藤太は言った。

炎が赤々と燃えている。

「おれは、京を燃やしてしまおうと思って生きてきた。それがおれのたったひとつの望みだと信じていた。だがな、今は違う。そんなものは、今のおれにはどうでもよくなった。京にも鎌倉にも何の値打ちもない」

炎が藤太の顔を照らしている。

「おれは、この腕など惜しくない。腕を失うことは怖くないんだ。おれは今、ここにいるみんなを失うのが怖い」

周りにいる者たちに近づくと、藤太は一人の肩に右手を差し伸べた。

「おれは友と言うべき者を持ったことがない。仲間もいない。親父以外とは誰とも話をしなかった。母は、おれを産んですぐに死んだ。だから、ずっと一人で生きてきた。今はこうして仲間と共にいる。そのことだけで嬉しくなる。みんなの声を聞くのが楽しい。みんながおれに話しかけてくれる。それだけで嬉しくてしかたがない」

だからな、と藤太は言う。

「それが今日で終わることが怖い」

藤太は、小五郎の肩に手を置いた。

「会えて嬉しい」

「それがしも」小五郎が答えた。

爺様に近づくと、藤太は幅の広い肩に手を乗せた。

「爺様と会えて良かった」

「それこそ、このやつがれの言葉でござる」

爺様は声を震わせた。

「ようやく願いが叶いました。仕えるべき主についに巡り会えました」

七郎太は黙ったまま頭を下げた。額を地に擦りつけるように深く下げた。

「伽那、この手を」

藤太は、伽那の前に立った。右腕ではなく、動かない左腕を出した。

「この手は伽那に触れることができなくなる。だから今一度、伽那の肌に触れさせて欲しい」

伽那は藤太の左手を優しくつかむと、冷たい手を自分の頬に押し当てた。

「伽那も」

伽那の温かな涙が、藤太の左腕を濡らした。

「喜んで私の手を切り落とします」

藤太は全員の肩に触れた。最後に輪の中央に戻った。

「おれの爺様や親父が穴の底で考え出した工夫で、この城を囲んだ。我が一族の工夫とおれの命で、お主らの命を守ってみせる。どの命も守りきってみせる」

藤太は縕袍の袖からふたつ目の筒を取り出すと、炎の中に投じた。炎が膨れあがった。その炎を背にして藤太の姿が黒々と浮かび上がった。


嘉吉元年四月二十日。古河城を包囲した鎌倉軍は十万に達した。残りの軍も結城を発ち、古河へ向かいつつある。

早暁《そうぎょう》。後軍の集結を待たずに鎌倉軍が動いた。

「鎌倉管領九代記《かまくらかんりょうくだいき》」には、攻め手の鎌倉軍は十万、対して城に残った者たちの数は八十余名と記されている。鎌倉側はとうに城に残った者たちの人数を把握しており、それがために、大いに思い侮《あなず》って兵を進めた、とも書き残されている。

途方もない大軍である。城内にせめて千、二千の兵が残っているのなら方策を考えたかもしれないが、城側はわずか八十余名に過ぎない。このときの鎌倉勢に城を攻める策を講じろと要求するほうが無理というものだろう。鎌倉軍にしてみれば、ただ前進するだけで良かった。十万の足で踏み潰せばいい。

ところが。

城は、静まりかえっている。城内からは鬨《とき》の声どころか、物音ひとつ聞こえてこない。地を鳴らして城壁に迫った大軍も、拍子抜けしたようにその足が遅くなった。ひょっとすると、と鎌倉の兵たちは首を傾げた。この城は無人なのではないか。城からは一本の矢も飛んで来ない。旗も見えない。城壁まで五十間ほどを残して、ついに進軍が止まった。鎌倉の兵たちのざわめきが止むと、静けさが城を包んだ。海原のような鎌倉軍の中に、小さな城がひとつ浮かんでいる。

鎌倉の先鋒《せんぽう》は長尾《ながお》行仲《ゆきなか》である。二千の騎馬を率いていた。その後ろには上杉持房《もちふさ》の五千騎、さらに上杉持朝《もちとも》の四千騎と続く。

先鋒の行仲は、城がもぬけの殻になっていると思った。つい数日前まで攻め続けた結城城は、寄せ手の鎌倉軍に対して烈火の如くに抵抗した。あれこそが攻城戦だと身に染みている。手や足が覚えている。それゆえに、この静けさに戸惑った。結果、無人に違いないと断じた。単騎馬を進めて、外塀の門から三十間のところまで近づいた。

行仲は長身で見栄えの良い顔立ちをしている。若い。恐れるものを知らない歳だった。背に長い弓を背負っている。その弓弦《ゆづる》が風に鳴った。北西から冷たい風が吹いている。

その風の中に、一人の男を見た。

正面の簡素な門の屋根に、男が一人、空を見上げながら腰を下ろしていた。

藤太である。厚手の生地に刺し子を施した真っ赤な褞袍が、青空によく映えた。

行仲は門まで十間の距離まで馬を進めると、藤太に向かって鎌倉の正義と己の素性を朗々とまくし立てた。ところが藤太は飄々《ひょうひょう》と風を眺めている。声を上げているのが馬鹿らしくなったのか、口上の途中で行仲は口を閉じた。

屋根の上にいる藤太が黙り込んでいるので、行仲は妙な気持ちになった。ゆっくりと馬を進めた。

「野田右馬允《うまのじょう》か」

行仲は呼ばわった。

「安重は逃げた」

屋根に座り込んだ藤太が答えた。

「では、矢部大炊助か」

藤太は脇に置いてある義基の兜を右手でポンポンと叩いた。兜に特徴のある鍬形の前立てがついている。長尾にも、その兜が義基のものだということがわかった。

「矢部大炊助の御首、頂戴つかまつる」

馬を走らせようとした。

「兜では駄目か?」

藤太の言葉に出鼻をくじかれたように、行仲は手綱を引いた。言葉の意味がわからない。藤太は兜を右手でつかみあげると行仲に放った。兜は行仲の馬の足下に落ちた。

「それをやろう」

藤太の声も落ちてきた。

地面に兜が転がっている。何が起きている、と行仲は思った。

そもそも兜はそれを被る武将そのものと言っても良いほどのものである。それを放るとは何事か。それだけでなく、その兜をくれると言う。屋根の上にいる男の心持ちが理解できない。それでも行仲は、屋根の上にいる男が義基であろうと確信しった。放ってきた兜からだけではない。和田鯛玄《わだたいげん》から聞いていた義基の特徴と同じだったからだ。真っ赤な縕袍を着ていることも聞いている。何よりも見間違うことのないのが、その顔だ。鯛玄は愛嬌のある顔だと言ったが、ひょっとこの面にそっくりだった。こんな顔をした男がいるのかとまじまじと眺めた。

あらためて眺めていると、つい笑いが込み上げてきた。鎌倉で待っている妻に良い土産話ができた、とも思った。笑いながら、背負っていた弓を手にして矢を番《つが》えた。行仲は弓に慣れている。一連の動きが速い。一呼吸の間に藤太の胸を射た。

矢は刺さらなかった。

藤太の縕袍に跳ね返された。行仲は目を疑った。狼狽《うろた》えながらも二の矢を放った。今度は顔を狙ったが、矢が当たる寸前に藤太の袖が遮《さえぎ》った。袖に払われた矢はぽりと落ちた。次々に行仲は射た。十本の矢を射たが、一本も刺さらなかった。行仲の顔から笑いが消えた。

「下りてきて勝負せよ」

行仲は、苛立った声を上げた。

「おう」

と藤太は返事をして、屋根からふわりと下りた。褞袍が蝶の羽のように風をはらんで広がった。腰に大振りの太刀を吊っている。門の前に立った。左手は袖の中に入れたままだ。草の根を噛んでいる。

行仲は、手綱を握った。馬で迫ろうとした。

「馬を下りよ」

「何ぃ」

「太刀でやろう」

藤太は笑った。

行仲が返事をする前に、背後に並んでいた騎馬武者たちがどよめいた。彼らも、藤太を義基だと思い込んでいる。城は無人だとも思い込んだ。無人の城にたった一人、義基が残っている、と早合点した。となれば戦は終わったも同然、楽しみは目の前の一騎打ちしかない。彼らの主が、城にただ一人残った義基と刀を交えることに興奮するしかなかった。鬨のようなどよめきが、行仲を一騎打ちに追い立てた。

行仲は、控えていた従者を呼んだ。中年の従者が槍を担いで駆けてくる。従者は馬の手綱をつかむと主に槍を渡した。手慣れた手つきで行仲は槍をしごいた。二間近い長さは太刀とは比べものにならない。行仲は、自分の勝利を確信した。

藤太は右手だけで太刀を抜くと、だらりと身体の横に垂らした。

行仲は興奮した。目の前に立っている男を城主だと信じている。すなわち、手にした槍のたった一突きで城を落とすことになる。かつてそれほどのことをなしえた者がいるか。そのことに気が逸った。急かされるように槍を繰り出した。槍は藤太の腹を刺した。ゆうに背中まで突き抜けたであろう。それほどに槍を深く突き込んだ。

行仲は、歓喜に震えた。

城が落ちた。

そう思った。

しかし槍は、藤太の縕袍を突き抜けずに止まっている。だけでなく、藤太の太刀が槍の穂先を切り落としていた。その穂先が地面に転がっている。深く刺したと思ったのは、穂先のない槍を突いたからに過ぎなかった。それに気づいた行仲は槍を捨てて太刀を抜こうとした。その手元に藤太はすでに踏み込んでいる。太刀を抜こうとした行仲の右腕が地面に落ちた。さらに首が落ちた。身体が倒れたのは首が地面に転がってしばらくしてからだった。

行仲が敗れたのを見た二千の兵は、慌てて弓を構えた。二千の矢が藤太に向かって放たれた。

藤太は太刀を鞘に納めると、縕袍の襟をつかんで頭の上まで持ち上げた。そのまくるりと背を向けて腰を曲げた。藤太の身体は、わずかもはみ出すことなく縕袍の陰に隠れた。周囲に雨のように矢が降り注いだが、真っ赤な縕袍は矢の悉《ことごと》くを跳ね返した。

矢が効かないとわかると、二千の騎馬が動いた。地鳴りのような鬨の声が周囲を満たした。それよりも早く、藤太は腰を曲げたまま足を動かして門へ向かった。そのまま門の中へ走り込んだ。

藤太が入った門扉が、半分ほど開いたままになっている。

騎馬武者は勇み立った。城側は門扉を閉め忘れた、と思った。おまけに何一つ応戦してこない。どの武者も、今こそと考えた。今なら、この手で城を落とせる。行仲の惑乱《わくらん》が二千の騎馬武者に伝染したかのようだった。足軽を引き連れた二千の騎馬が、狭い門に向かって突進した。門の前に死体がひとつ転がっていたが、誰もその死体を顧みなかった。

第一陣の二千の騎馬が動くと、その動きに二番手の騎馬がつられた。数騎がつい前に出た。すると周りの十数騎も動く。それに遅れまいと背後の百騎が続いた。終《しま》いには巨大な動輪が回り出すように、五千の第二陣が動き出していた。二番手を率いていた持房は軍から少し離れた場所にいた。無論、慌てた。命令を出していないのに勝手に軍馬が動き出している。だが、動き出した軍を止めることはできない。その余裕もなかった。城を獲る、という手柄を行仲の軍に取られてはならないという焦りもあった。五千の部隊は城の小さな門に向かって雪崩《なだれ》のように突き進んでいく。遅れれば武勲は得られまい。軍の尻を追いかけながら、持房は突撃命令を出した。

外門をくぐり抜けた騎馬は、先を走る藤太の赤い褞袍を追った。

仕留められる。

誰もが、そう思ったに違いない。獲物は一人だ。それも片腕が動かないらしい。

双方の距離は、たった六十間。馬腹を強く蹴った。

ふたつの土塀の間が朱雀大路のような広い地べたになっている。その地べたが藤太の駆ける先でゆるやかに右に曲がっていた。ところが藤太は道なりに右に曲がろうとはせず、そのまま正面の土塀に身体をぶつけた。反動でよろめき、危うく転びかけたが、なんとか持ち堪《こた》えた。繿袍が大きくはだけて身体から離れた。藤太の耳のすぐ側を矢が飛び抜けていった。

「くそう」

藤太は、右手で繿袍の襟を押さえた。また土塀にぶつかった。足がもつれて、さらに遅れた。

「殿はどうして右に曲がらない。あれでは逃げ切れぬぞ」

見張り台の上に身体を伏せた野伏が、隣の野伏に囁いた。

「腕が動かないからだ。右に曲がるには左腕を大きく振らなきゃ曲がれねえ。その左腕が動かない殿は、右に曲がろうとしても真っ直ぐに進んじまうんだ」

大きな手を額にかざして、藤太の動きを追った野伏の返事が慌てた。

「じゃあ、右に曲がる場所があったらまずいじゃねえか。おい、あの先に右へ曲がるところがあるか」

「小五郎殿が待っている戸口の手前に、大曲がりがある」

野伏の顔が青くなった。


小五郎が待っている中塀の扉まで、藤太は城を囲んだ土塀を三町ほど走らねばならない。結城の城では疲れを見せずに走り通した藤太だが、左腕を身体に固定しては上手く走れなかった。さらに、追いかけてくるのは騎馬の大軍である。

藤太の息が荒い。汗が飛んだ。蹄の音が雪崩のように背後から迫ってくる。藤太の周りを数本の矢が飛び抜けた。藤太の顔は青さを通り越して真っ白になっている。藤太足がふらつきだしているのがわかる。時に膝ががくりと折れそうになる。それでも藤太は堪《こら》えた。堪えて走り続けた。小五郎の待つ門が遠い。

「親父、おれに走る力をくれ」

藤太は叫んだ。矢が顔の周りを掠めていく。

「蚯蚓《みみず》の神様、助けてくれ」

膝が崩れかけたが、無理矢理に走り続けた。

「走れ」

もはや声にもならなかった。

「走れ、火男」


「まだか」

中塀の扉を開いて小五郎は待っている。戸口の前には強弓を手にした爺様が仁王立ちになり、その前に七郎太が背を丸めてしゃがんでいた。門の中から伽那が顔を覗かせている。

彼らが見ているのは、三十間ほど真っ直ぐに延びた先だった。その先が曲尺《かねじゃく》のように左に曲がっている。大曲がりだ。その先は見通しが利かなかった。蹄の音だけが近づいてくる。

「もしや」

七郎太が、小五郎を見た。蹄の音がさらに大きく膨らみ、姿は見えないのに耳を聾《ろう》するほどになった。大地が揺れる。

「逃げ切れなかったか」

「七郎太」

小五郎は叱った。が、その声が弱い。

蹄の音がさらに大きくなった。

「殿様が」

伽那は叫んだ。

大曲がりに藤太が走り込んできた。藤太のすぐ後ろから騎馬と足軽の壁が突き進んでくる。大曲がりに駆け込んできた藤太は、曲がりきれずに正面の土塀に衝突した。伽那が悲鳴を上げた。壁に身体を擦りつけながら、藤太は無理矢理に方向を変えた。そのために足が大きく乱れた。

「追いつかれまする」

重なる悲鳴は、七郎太の声だ。

藤太はかろうじて転倒するのを堪えたが、背後の騎馬との距離が一気に縮んだ。

「爺様。殿様を助けて」

おう、と仁王立ちした爺様は弓を引き絞った。

「この矢と、この命がこの世にあるのは、今このときのためでござる」

矢を放った。

藤太の縕袍に馬の息がかかった。馬上の武士が笑った。大きく槍を振り回すと藤太に向かって突き出した。その槍がわずかに逸れた。武士の胸を爺様の矢が貫いている。転がるように武士が落ちた。主を失った馬の足が遅れたが、それを呑み込むように両側から次の騎馬が飛び出してくる。

「御急ぎを」

七郎太が大きく腕を振った。

藤太のすぐ背後まで敵兵が迫った。木戸を押さえている小五郎の手が震える。木戸の辺りにも矢が届き始めた。

「殿様が」

伽那の叫び声が震えた。

ついに追いつかれた。

馬の鼻が藤太の縕袍に触れた。騎馬武者は藤太を踏み潰そうとした。藤太の背中に蹄がかかり、弾き飛ばされた藤太が塀にぶつかった。伽那の悲鳴。小五郎が激しく手を振る。爺様が弓を引き絞ったまま怒声を発した。

その中を、七郎太は走った。

矢が視界を飛び交っている。七郎太の肩の上を飛び抜け、足下に突き刺さる。その一本が七郎太の耳朶《みみたぶ》を翻り取った。それでも七郎太は前に走った。夢中で走った。ただ藤太だけを見つめて走った。

転倒しながらも藤太は太刀を抜いた。騎馬に踏み潰される直前に真横に薙《な》ぎ払った。馬の足が飛んだ。馬に跨《また》がっていた中年の武士の目に、爺様が放った矢が刺さっている。武士と馬がもつれ合うように転倒した。地面が大きく揺れた。倒れた馬の脇を藤太が転がっていく。転倒した馬に先を塞がれて、後から走り込んできた馬が勢いを落とした。土塀に身体をぶつけた藤太に、七郎太が駆け寄った。

「お見事でございました」

七郎太は叫んだ。泣きながら叫んだ。

「よくぞ走り通しました。お見事でございました」

黒い顔を真っ赤にした七郎太は、藤太の肩を担ぎ上げると、木戸に向かって走った。二人を守るように爺様の矢が飛んだ。次々と鎌倉兵を倒した。二人が木戸にたどり着くと、伽那が泣きながら引き入れた。弓を放り出した爺様が二人に続いた。小五郎が閉めた木戸に、次々と矢が刺さった。

木戸の内側は、枯れ葦を地面の高さまで積み上げた空堀である。そこに橋がかかっている。七郎太は、藤太を担いでその橋を渡った。後ろから伽那が続く。爺様と小五郎が橋を渡って内塀の中に入ると、入れ替わるように二人の野伏が橋の中程まで出てきた。そこに立つと足下に絡めてあった縄をつかんだ。そのまま腰を落とし、合図を待った。

鎌倉の騎馬武者が、外塀と中塀の間を駆け続けている。

先頭を走る武者には、ひょっとこの顔をした男が仲間と共に木戸に逃げ込んだのがわかっている。わかっていても止まれなかった。背後から心太《ところてん》の突き棒のように次々と新たな騎馬が城に乗り込んできていた。後から来る馬に、先に入った馬が押される。先を走る騎馬武者は否《いや》も応もなく前に進んだ。進むしかなかった。地響きを立てながら城の中に人馬が流れ込んでいく。ふたつの塀に挟まれた空間は、盥《たらい》に水を注ぎ込むように鎌倉の軍馬で満たされた。騎馬だけではない。馬の間を足軽が駆けている。

足軽の一人が、ふと首を傾げた。

ナイか？

足軽は足を止め、周囲を確かめようとした。ナイとは地震のことである。足軽は、己の足の下の地面が揺れていることに気がついた。ただ立ち止まれなかった。押し出されるように前に進んだ。

また揺れた、と足軽は駆けながら思った。この地面は変だ。

足軽は足の裏で地面の土を蹴り飛ばした。板が覗いた。地面ではなかった。一面に板が敷き詰められている。板の間に隙間があった。細く暗闇が覗いている。爪先で土を落とすと吸い込まれるように消えた。

空っぽだ。

足軽は震えた。

足の下に巨大な洞《うろ》が広がっている。

危険を伝えようとして振り向いた途端に、駆けてきた騎馬に蹴られて転倒した。

そのまま人馬に踏み潰された。

騎馬が駆けていく板の下には巨大な暗闇が広がっていた。

空堀の底から地面の高さまで竹で櫓《やぐら》が組み上げてある。その上に、地面に偽装した板が敷いてあった。馬が通る度に櫓がぎしぎしと軋《きし》む。板の隙間から差し込む細い光の中に零れ落ちる砂が光った。

藤太の祖父は穴を掘り続けていくときに、木や竹を組み、板で押さえて壁や天井の崩落を防ぐ技術を編み出した。その穴は、もし他の者に知られそうになったときには短時間で埋めてしまわねばならなかった。木組みは天井を頑強に支えるだけでなく、必要なときにはあっけないほど簡単に崩れなければならない。祖父は、そのふたつの技をひとつの木組みの中に溶け込ませた。それが、土竜《もぐら》の穴である。

今、騎馬が駆け抜けていく地べたに擬した板を、その竹組みが支えている。竹組みは板を埋め尽くす人馬の重さにも耐えうるほどに作られているが、同時に竹組みの中の一本の心棒を抜くだけで全てが崩れ落ちるようにも作られていた。その心棒には縄が結びつけられている。縄は地面に掘られた穴を抜けて中塀の内側に延びていた。葦を埋めたふたつ目の空堀に渡された橋は、四つある。その上で野伏たちが縄を握り締めて待っていた。早朝の寒さが彼らを押し包んでいる。

野伏は、じっと爺様の命令を待っている。


城の内に駆け込んだ爺様は、見張り台のそばに置かれた太鼓の列の前に立った。近隣の寺社から奪ってきた太鼓が広場に並べられている。爺様はそのそばに立つと周囲を見回した。

「弓を」

控えていたはるが、爺様に弓と鏑矢《かぶらや》を差し出した。爺様は満月の如くに弓を引き絞ると、鏑矢を放った。笛のような音が空を奔った。

野伏たちは、一斉に綱を引いた。


大地が消えた。

と、鎌倉兵たちは思ったに違いない。

空堀は二間の深さに掘られている。その底には竹を斜めに切り落として作られた竹槍が逆さに立ててあった。城の周囲のあちこちにあった竹藪が消えるほどに刈り取った数千の竹槍が天を向いている。鎌倉兵は、そこに落ちた。一瞬で死体になった。空堀に落ちた千余の騎馬武者と足軽のほとんどが死んだ。

二番隊を率いていた持房は、門に入りかけたところで、かろうじて踏み留まった。目の前に竦《すく》み上がるような光景が広がっていた。

外塀と中塀の間は五間。その内の三間が落とし穴になって人馬を呑み込んでいた。堀の底で馬が首を振っていないている。その馬には脚がなかった。竹槍で四本の脚が全て切断されている。その馬体に騎馬武者が押し潰されていたが、武者の首が見当たらなかった。その隣では、足軽が逆さまの体勢で肩から腹までを串刺しにされていた。顔から竹槍の先端が飛び出している者もいる。先鋒の行仲が率いていた二千の騎馬は、その大半が堀に落ちた。落ちて死んだ。外側と中塀の際《きわ》に一間の地面が残っている。そこに留まって塀に貼りついている者たちが、わずかに息をしていた。

言葉を失ったまま、持房は向かいの土塀を見た。その向こうに城がある。奇妙なことに、城からは矢の一本たりとも飛んでこない。無人の城ではないか、と訝《いぶか》しむほどに物音が聞こえなかった。人の姿も、最初に屋根の上にいたひょっとこ一人しか見ていない。

城から抜け出た者を捕らえて聞き出したところでは、城に残っている者たちは百名に満たないという。だからこそ総大将上杉憲信は、力まかせに城を落とそうとしている。

だが、と持房は堀を眺めた。こんな戦いがあるだろうか。

関東のあちこちで持房は戦ってきた。結城の城では足かけ二年に亘《わた》って攻め続けている。いくつもの城を落としたが、こんなに静かな城を攻めるのは初めてだった。

鎌倉軍がこれほどの短い時間に、これほどの死者を出したのも見たことがない。

これは、何だ。持房は腹の底が冷え込むような感覚を覚えた。どこの誰が、こんな戦いを考えた。

彼は、攻撃方法を見直すべきだと思った。一旦軍を下げ、仕切り直しをしたほうが良い。

そうしようと思った矢先に、雷が落ちるような音が鳴り響いた。思わず持房は浮き足だった。塀の向こうから、太鼓の音が雪崩のように降ってきた。ひとつやふたつではない。数十の太鼓が打ち鳴らされている。

総攻撃だ、と持房の経験が判断した。

どれほどの軍であろうと、後退しているときに攻撃を受ければひとたまりもなく粉砕される。敗軍の兵は戦闘中に殺されるのではない。敗走し始めてから殺されるのだ。持房は、あまたの戦でそれを身に染みて知っていた。ここで軍を下げたら総崩れになる。その恐怖が、持房の考えを変えた。

「攻めよ。塀を越えろ」

持房は、背後に控えていた五千の騎馬に命じた。

さらにその背後では、三番隊を率いている持朝が、四千の騎馬に総突入を命じていた。

城の内側では七郎太が先頭に立って、広場に並べた太鼓を打ち鳴らしていた。

「攻めさせよ」

館の中に藤太はいる。血の抜けた左腕に晒を巻きつけながら命じた。

「さらに城を攻めさせる。攻撃は一切するな。鎌倉に攻めに攻めさせよ」

その命令を報せるために、野伏が館を飛び出していった。藤太のそばには心配そうな表情で伽那が座っている。

鎌倉の動きを、中塀の内側から爺様が窺《うかが》っていた。

第一陣の鎌倉兵を落とした空堀が見えている。その堀の向こうから、第二陣が押し寄せてきた。第二陣は空堀の両脇に残った幅一間の地面に展開して中塀を越えようとしている。

殿の言う通りに鎌倉軍が動くわ。

爺様は、口元が緩み出すのを抑えられなかった。

この歳まで様々な合戦の話を聞いた。その中には爺様の心を躍らせる話がいくつもある。富士川の戦いや屋島の合戦などは、夢を見るほどに恋い焦がれた。いつか自分もそういう場に身を置き、我が名を名乗り、この身が灰になるまで戦ってみたいと願った。

ところが、どうだ。

そのどの合戦も、此度《こたび》の戦に比べたら色褪《いろあ》せて見えるではないか。この城を攻める鎌倉は十万。それに対して城を守るは、わずか八十余名である。だけではない。すでに千を超す兵を屠《ほふ》った。

おれは。

爺様は胸を張って叫びたかった。

おれは、ここにいるぞ。

青空に伸び上がる夏雲のように命が膨らむ。声の限りに叫び出したいような、名状しがたい歓《よろこ》びに心が震える。

死ねる、と思った。

この戦なら、死ねる。あの男と共に戦うのなら、死ねる。今こそ、ここにこそ、武士としての、おれの場所がある。

爺様の顔に、白い歯が覗いた。

おれは、生きている。

そう叫びたかった。

あの男に出会えて、おれは生きる。

「何が起きた？」

鎌倉側の本陣では、憲信が、そばに控えている和田鯛玄を呼んだ。

「はて」

鯛玄は低い背を伸ばすようにして城を眺めたが、わからない。すでに城が見えないほどに鎌倉の兵馬が地に溢れていた。

「すでに攻撃は始まっているようですが」

「攻めを緩めるな。雷神の如くに攻めよ」

憲信は腰の采配を抜くと、頭の上で大きく振り回した。

鯛玄は、大将の大きな顔を見上げた。

雷神？

誰かが、誰かのことをそう呼ばなかったか。

しばらく考えていたが思い出せなかった。

第二陣の五千の騎馬と、第三陣の四千が、城に突入した。

最初の兵たちが落ちた空堀が、今も口を開けている。死体が隙間もないほどに転がっていた。鎌倉の兵たちは、その空堀に梯子《はしご》を渡しかけ、その上に板を載せて急《きゅう》拵《ごしら》えの足場を作った。そこから内側の土塀に梯子をかけると、足軽たちが駆け上がって弓を構えた。刀を抜いた者もいる。奇妙なことに、そこにも城側の兵がいなかった。

土塀の内側にふたつ目の空堀が口を開けている。今度は落とし穴ではなかった。それでも尋常とはほど遠い。枯れた葦が積み上げられている。空堀の向こうには、さらに次の土塀がある。鎌倉の兵が上った土塀から向こうの土塀まで三間の幅があるが、その幅一杯に堀が掘られていた。塀の上から堀の底までまっすぐに削《そ》ぎ落としたように削ってある。葦が積み上げてあるとは言え、飛び降りれば堀の底まで落ちるだろう。

高い。

土塀の上で、足軽たちは躊躇した。葦の底に竹槍が仕掛けてあるに違いない、と思っている。そうは言っても、塀の上でじっとしているわけにもいかなかった。

「何をしている。進め」

背後から武士が怒鳴った。

続々と兵が門内に入ってくる。落とし穴の空堀に拵えた足場は兵馬で溢れた。先頭の足軽が土塀の上から動かなければ、にっちもさっちもいかなくなる。梯子の下にいる武士が痺れを切らして刀を抜いた。

「進まねば斬る」

もはや塀の上に留まることはできなかった。足軽は目をつぶって飛んだ。一間半を落ちると、枯れた葦《あし》の上に乗った。と思ったのもつかの間、葦の中に身体が沈んだ。ずるずると空堀の底まで落ちた。竹槍はなかった。葦が布団のように衝撃を吸収してくれたために怪我《けが》もしなかった。

勢いをつけて下りたせいだ、と足軽は思った。黒い埃が視界を遮るほどに舞い上がった。思わずくしゃみが出た。他の者も同じらしい。そこかしこから、くしゃみが聞こえた。

くしゃみばかりしているわけにもいかない。足軽は、葦を掻き分けて前へ進もうとした。ところが積み重ねられた大量の葦がそれを阻んだ。頭の上の葦をつかんでも身体を引き上げることはできず、つかんだ葦が頭の上に落ちてくる。前進しようと前の葦をつかんでも、ずるりと葦を引っ張り寄せるだけで身体が進まない。葦を掻き回すことしかできなかった。そうこうしているうちに、新たな兵が頭の上から降ってきた。その兵も、葦の中をずり落ちてきて堀の底に沈んだ。まったく水堀に投げ込まれた石と同じだった。三間の幅の空堀はいくらでも鎌倉の兵を呑み込んだ。

鎌倉の兵が、次々と空堀に飛び込んでいく。

城を攻めるには、それしかない。落ちた兵たちは、葦の中でもがいている。後から来た者は、その頭の上に落ちた。さらにその上に次の兵が落ちる。第二陣の五千の兵は、馬を下りて塀を越え、空堀に沈んだ。さらに第三陣の四千の兵までもが飛び降りた。わずかな時間に、堀は一万に近い兵を呑み込んでしまっている。その頃になって、ようやく長い梯子が運び込まれてきた。葦の底で蠢《うごめ》いている兵たちは、葦を掻き分けながら梯子を内塀に立てかけた。

十余りの梯子が内塀に立ち並んだ。後は梯子を駆け上り、城に突入するだけである。

城内に戻った爺様は、今度は内塀に穿《うが》たれた隙間からじっとその様子を見つめていた。内塀に梯子が立ち並び出したのを見て、塀から離れた。

渡良瀬川の水を引き込んだ小さな堀を渡ると、城の広場に出る。そこに城に残った者たちが集まっていた。彼らは爺様の命令を待っている。彼らは、四名が一組みになっていた。四人のうちの一人は、赤々と燃え上がる松明を手にしている。残りの三人は弓を持ち、矢を詰めた空穂《うつぼ》を背負った。どの顔も頼もしい面構えをしている。迷いがなく、不安もない。ただひとつの星を見つめるような一途さが、どの顔にもあった。

この者等はすでに野伏ではない、と爺様は思った。牢人でもない。主へのへつらいに汗を掻く家来でもない。

つわものだ。源平の頃の、昔話の中にしかいないと思っていたつわものが、ここに揃った。

爺様は、背後の館を見た。その中に藤太と伽那がいる。

まことの殿を得て、我らは生きる。

爺様は、片手を大きく振った。それを合図に、松明を持った男たちが走った。弓を手にした者たちが続く。四人一組みが、城の決められた場所へ急いだ。誰も一言も発しなかった。静かに足音だけが城を駆け抜けていく。

彼らが散ると、爺様は弓を手にした。そばに控えたはるが、矢を差し出した。水堀の向こうの土塀の上に梯子の先端が覗いている。そこに鎌倉の足軽が顔を出した。爺様は、水が流れるような滑らかさで矢を放った。土塀に飛び上がった足軽の首を矢が貫いた。矢の勢いに押し出されるように、足軽は両足を宙に浮かせて塀の向こうへ落ちていった。

「鏑矢を」

はるが差し出した鏑矢を、天に向けて射た。矢は、甲高い音を鳴らしながら飛んだ。

鏑矢の音を聞いた小五郎は、手にしていた松明を持って内塀に駆け寄った。そのとき土塀の上に、鎌倉兵が駆け上がってきた。すでに刀を抜いている。一人が土塀に上がると、続く二人目が梯子の最上段から顔を出した。小五郎の背後に控えていた野伏たちが弓を構えた。土塀から城内に飛び降りた鎌倉兵は、地面に足が着いたときには胸と腹に矢を受けて死んでいた。梯子から顔を出した足軽も、額を射貫《いぬ》かれて転がり落ちた。

小五郎は、手にしていた松明を土塀の向こうへ投げた。他の場所へ向かった者たちも、小五郎と同じように松明を土塀の向こうへ、枯れた葦を敷き詰めた空堀へ投げた。

火の神が下りた。

城全体が巨大な炎と化し、その炎は天に届いた。山が噴火するときですら、これほどの炎を噴き上げないであろう。炎に続いて、山よりも巨大なのではないかと思えるような黒い雲の塊が、ゆっくりと盛り上がっていった。その雲の塊は、天に達すると四方に向かって広がりだした。城を囲んでいる鎌倉軍の頭の上を越え、渡良瀬川の川面をも越え、空を覆い尽くした。

鎌倉兵たちは、呆然として黒い空を見上げた。神以外に、天を覆い、昼を夜に変えることが誰にできるであろう。

怯えた馬が竿立ちになっていななき、跨っていた武士が振り落とされた。別の者は腰を抜かして座り込んだ。跪《ひざまず》いて祈り出す者までいた。城の門から火達磨《ひだるま》になった者が駆け出してきた。体中を炎に包まれて踊るように両手を振り回していたが、やがて地面に倒れて動かなくなった。誰一人として助けようとはしなかった。ひたすらに怯えた。

鎌倉の本陣では、総大将上杉憲信が声を出すのも忘れたように火の城を見ていた。天にも届く巨大な炎は収まったが、なおも城を囲むように火の壁がそそり立っている。その城の上から段通《だんつう》のように広がった黒い雲のために、周囲は日が落ちたように暗い。

「あの城には何がいる？」

憲信は、ようやく口を開いた。

「矢部大炊助という者が」

和田鯛玄が短く答えた。

「それは、人か？」

「人にござりまするが」

鯛玄は、無意識に懐に手を当てた。懐の中に伽那からもらった火傷の薬が入っていた。お守りのつもりだった。その手が先に思い出した。鯛玄は、綿入れの上から薬の包みを握り締めた。あのご妻女だ。彼女が雷様の化身だと言ったのだ。

「あの城に、火男がいるのかもしれませぬ」

傍らに控えていた足軽が呟いた。

「火男？」

鯛玄は足軽を見た。足軽は、まだ若い。上州の生まれだ、と聞いている。

「それがしが子供の頃に親父に聞いた話にございまする。火男と呼ばれた子供を見たと申しておりました」

「あの城にいる矢部大炊助が、その火男だと言うか」

憲信は、じろりと足軽を見た。

「おそらくは」

「それで、親父殿が遇ったという火男は何をしでかした」

「山が」足軽は答えた。

「山を燃やしたか？」

憲信は、歯を剝き出して笑った。

いいえ、と足軽は首を振った。

「山が跡形もなく消えたそうにございまする」

憲信の顔から笑いが消えた。主の顔に浮かび上がる恐怖を、鯛玄は初めて見た。

「矢部大炊助を生きたまま連れてこい」

長大な顔を強張らせて鯛玄に命じた。


一万の軍勢が、ただの灰になった。

ふたつ目の空堀は酸鼻を、極めた。堀の中に黒焦げになった死体が積み上がっている。残りは煙にまかれて息絶えた。三番隊を率いていた武将の兜が落ちている。兜の前立ては煤《すす》に汚れて黒ずみ、半ば外れかけていた。二番隊を率いた持房はどこにいるのかもわからない。死体の上に死体が重なり、横たわり逆さになって折り重なるようにして燃え続けた。鳥も虫も、全ての生き物が死んだ。銀杏《いちょう》の幹だけが燃え残っていた。

城の中にいた八十五名の者たちは城内の土蔵の中で火が収まるのを待った。土蔵は、戸口の隙間を味噌で目止めをしてある。その土蔵の中にいても、なおも熱気で炙《あぶ》られるように熱い。その中で、水をたっぷりと染み込ませた布団にくるまっていた。我慢ならなくなると用意しておいた水桶《みずおけ》から水を掬《すく》って布団にかけた。藤太は、何度か伽那の身体にも水を注いだ。その水が、やがて湯になった。

彼らは、待った。

やがて風が扉を叩いた。戸を開けると冷たい風が流れ込んできた。

「最後の攻撃をかける。火男が踊るぞ」

布団を剥いで藤太が立ち上がった。


異様な武具だった。

全員が味噌を塗り込んだ分厚い布を身体に巻きつけ、目だけを覗かせた。さらにその上に鞣《なめ》した革の着物を被った。足には革を幾重にも重ねて作った雪沓《ゆきぐつ》のようなものを履いた。その上に鎧を着けてから、腰に空穂を下げた。さらに鎧の上から革でできた合羽に似たものを羽織った。ずんぐりとした生き物が生まれた。遠目に見ると人ではなく、蝦夷《えぞ》の地に棲むという羆《ひぐま》に似ている。用意が終わると、木の板で作り上げた背の高さほどもある大型の盾を持ち上げた。

藤太以外の全ての男たちが、その姿になった。藤太だけは相変わらず真っ赤な褞袍を羽織っている。ただ手足に炎を避けるための革の覆いを嵌《は》め、頭には頭巾を被った。

「伽那。ここで待っていろ」

藤太は、右手を伸ばして伽那の頬に触れた。伽那は藤太の右手に頬を押し当ててから、動かない左手にそっと唇を押し当てた。ひどい傷跡ができていて、麻糸で荒々しく縫い合わせてある。

「お待ちしています」

伽那は、囁くように言った。

城を囲んでいた鎌倉の軍が逃げ惑っている。

燃える城の熱気に炙られ、兜の下の髪までが燃え出した。駆け出す者、逃げ出す者、ありとあらゆる混乱が城の周りに起きた。その混乱の最中に激しい風が吹き始めた。砂塵《さじん》が舞い上がり、目を開けていられなくなった。足軽たちが手にしていた盾が全て巻き上げられた。弓も矢も、風の中に吹き飛ばされた。

神風だ、と誰かが怒鳴った。怒鳴りながら風の中に飛ばされていった。馬が暴れ出し、人を撥ね飛ばしながら駆け出していく。怒号と悲鳴が重なる。誰が命令を出すのかもわからなかった。狼狽しながら軍が下がりだした。

中に踏み留まる者がいた。鎌倉勢の中にいた小笠原為成《おがさわらためなり》は、馬を捨てて地に下り立ち、二千の家来を掻き集めた。

「まだ城は落ちていないぞ」

強風の中で、為成は怒鳴った。


小五郎は、それまで一度も使わなかった内塀の門を開いた。

開いた門扉の向こうに石が積み上げられている。それを数人で押した。石が崩れると穴が開いた。火男の堀は、なおも激しく炎を吹き上げている。堀の向こう側に中塀がある。男たちは用意しておいた長い梯子を渡して橋を架けた。梯子には板が張り付けてあり、杉の枝で覆い、味噌を塗り付けてある。橋を渡った小五郎は、中門を開けた。また石が積み上がっている。それを押し崩した。その先に、落とし穴にした空堀が続いていた。ここには堀を渡る橋が残っている。両側は竹槍の空堀で、あまたの死体が串刺しになっていた。正面に城の追手門《おうてもん》が見えた。その門を抜けて、八十余名の者たちが布陣した。ただ小五郎他三名の者がそれには加わらず、外塀に沿って城の北へ向かって急いだ。炎と風と煙のため、塀際を歩いていく四人の姿は誰にも気づかれなかった。

城の正面に展開した陣の、先頭に立つのは爺様だ。

彼を先端にして、大きな三角形の形に陣を張った。それを合図に、みなの最後尾に控えている。先頭に立つ爺様が右腕を上げた。藤太は、みなは背丈ほどもある盾を己の前に立てた。八十枚の盾が並んだ。その間を松明を手にした七郎太が動いて、それぞれの盾に火を移した。盾が炎を上げて燃え上がった。炎を噴き上げる盾を前にして、城を守る兵が仁王立ちになった。彼らをゆっくりと見回してから、爺様は混乱する鎌倉軍に向かって声を張り上げた。

「我こそは火の神の眷属《けんぞく》、俵藤藤太が家来、山崎三郎義正《さぶろうよしまさ》」

追手門の正面にいた為成は、門の奥から異様な集団が出てくるのを震えながら見た。

巨大な体軀《たいく》の怪物が手にしている盾が、ぼっと音を立てるほどの勢いで燃え上がった。それを見ただけで為成は尻餅をついた。踏み留まったのは間違いだったと覚ったが、すでに二千の兵を掻き集めて城に接近してしまっている。今さら兵を転じて逃げるわけにはいかなかった。

その怪物が吼《ほ》えた。恐怖に呑み込まれている為成は、ただ見つめていることしかできなかった。家来の一人が駆け寄ってきて、攻めますか、と聞いた。為成は、顔を激しく左右に振った。腰が立たない。

「あ、あれを」

別の家来が震える指先を城に向けた。

城の前に布陣している怪物が、弓を構えた。為成は、あわあわと言葉にならない声を漏らしながらそれを見た。矢を放つか、と思ったが、己の身体を庇《かば》おうにも盾はさきほどの颪に吹き飛ばされている。震えること以外、何もできない。

「あれは矢じゃない。火だ」

為成の後ろで家来が泣き声を上げた。為成も泣き出したかった。

城の前に仁王立ちになった者たちが弓に番《つが》えたものは矢ではなく、炎だった。底なしの恐怖に駆られた為成は悲鳴を上げた。顎《あご》が外れるほどに口を開いたが、声は出なかった。すでに声が嗄《か》れてしまっている。

爺様たちは、炎を番えたのではない。矢を番えている。ただし鏃《やじり》の近くに油を染み込ませた麻布が巻きつけてあり、それに盾の火を移して燃え上がらせた。それが遠目には、炎を弓に番えたように見えたのであろう。爺様が弓を構えると、八十名の兵も弓を引き絞った。

一斉に射た。

何十という炎が空を奔るのを、為成は見た。天はなおも城から上る煙で漆黒に染まっている。一匙《さじ》ほどの光さえない暗い空を幾十という炎が奔った。それを見て為成は笑った。恐怖が彼の心を砕いてしまったらしい。地面に尻餅をついたまま、大声を上げて笑った。暗黒の天を奔る炎を、美しいとさえ思った。見とれながら死んだ。額を射貫いた矢は、為成が死んだ後も燃え続けた。

火を纏《まと》った矢が、為成が掻き集めた二千の兵の頭上に降り注いだ。次々に兵が倒れた。燃える盾の向こうで爺様が弓を構える。八十の兵も一斉に矢を番えた。黒い空を、炎が流れ星のように飛んだ。なにひとつ抵抗できないまま、二千の兵は次々と射貫かれて死んだ。


城に向かって急いでいた和田鯛玄は、六人の家来共々足を止めた。

それは息を呑むほどに美しい景色だった。燃えさかる城。天を覆う暗黒の煙。それを背景にして星のように流れ飛ぶ炎の群れ。その華麗な景色の底で次々と人が死んでいく。

これが、火男の戦か。

鯛玄はふと、遠い先の世の戦を目の当たりにしたような錯覚を覚えた。

「どうなされました」

家来の一人、因幡《いなば》為末《ためすえ》が聞いた。

「我らの戦は、もはや古いのかもしれぬ。そう遠くない先々の世では、人の姿がなく、炎だけが行き交う戦の時代が来るのではないかと思うた。かの如く焼き払われた大地に、死体だけが積み上げられていく。ひとつの炎で百万の兵が死ぬ。そういう戦になるのではないかと思うてな」

鯛玄は、暗い表情を見せた。

「あの心根の優しい義基殿は、遠い先の世の戦を会得されているのでしょうか」

かもしれぬ、と鯛玄は思った。

火男がするのは、そういう先の世の戦だ。それは人が為す戦とは別のものだ。心のない戦になるだろう。

「いつか、そういう世の中になったときにも」

鯛玄は、為末の肩を叩いた。

「そういう世でも、人は人らしく生きているのだろうか」

人でいられるのか。

鯛玄は、急ごうと言った。炎が奔る暗い天の底を歩き出した。

爺様は、弓を下ろした。

目の前に数百の死体が転がっている。すでに腰に下げた空穂が空になった。爺様は燃え上がる盾を残したまま、城に引き返した。背後の者たちも爺様に続いた。扉を閉め、堅く門《かんぬき》を下ろした。さらに内側に入り、全ての門を閉ざした。

追手門の前に、燃え盛る八十の盾が並んでいる。その中に藤太が一人残った。真っ赤な褞袍を着ているが、太刀はない。左手は袖の中に入れて、右手だけを垂らしていた。

「和田鯛玄殿はいずれに」

藤太は、逃げ惑う鎌倉の兵に呼びかけた。

死体を跨ぎながら鯛玄が近づいてきた。後ろに六名の家来を連れている。鯛玄は手前で家来たちに留まるように命じてから、一人で藤太に近づいた。

「大変な戦になりましたな」鯛玄は言った。

「少し殺し過ぎた」

藤太は、被っていた革の頭巾を脱いだ。

「我が軍に、義基様は火男だと申す者がおりますが、まことのところはどちらでござろうか。火男か、あるいは義基様なのか」

「どちらでも」

「では、義基様。これから、どうなさるおつもりでしょうか」

「約束をした。大将に会いに行こう」

藤太は、鯛玄に微笑んだ。

「会ってくださるか」

「鯛玄殿との約束は守りたい」

「ありがたきこと」

そう言ってから、鯛玄は藤太の腰を見た。

「御太刀は?」

「先鋒の騎馬に追われたときに失った」

「では御着物を御預かりいたします」

藤太は右手だけで褞袍を脱ぐと、鯛玄に渡した。褞袍の重さに鯛玄は驚いた。藤太は、さらにその下に着ていた肌着も脱いだ。左腕に巻きつけた晒が血で真っ赤になっている。手首から先は壊死《えし》が始まっていた。血が抜けて蠟《ろう》のように白くなった腕のあちこちが、黒く変色し出している。

「ひどい怪我でございますな」

鯛玄は、痛ましげな表情を浮かべた。

「戦だ。気にすることはない」

「動きますか？」

藤太は、首を振った。

「我らが殿は、義基様と素手で殺し合いをいたしまするぞ」

「おれも、むざむざと殺されに行くわけではない」

藤太の返事に鯛玄の顔が曇った。

「とても勝負になりますまい」


六名の家来のところまで行くと、鯛玄は藤太の縕袍を家来に渡した。

「そちたちは、少し離れてついて来い」

藤太と鯛玄の二人は、いまだに黒い煙が流れる中を歩いた。鯛玄の歩みは、心なしか遅い。

「できることなら義基様とは戦ではなく、別の場所でお会いしとうございました」

「おれも同じ気持ちだ」

鯛玄の顔がわずかに明るんだ。

二人が歩いていく大地には死体が転がっている。鯛玄は、死体のひとつを眺めた。額に刺さった矢が燻《くすぶ》り続けている。

「近いうちに誰もが義基様のような戦をするようになるでしょうな。万という大軍が一つかみの炎で全滅するような世の中になるでしょう」

「そう遠くあるまいが、燃える土は加減が難しい。扱いを間違えると敵だけでなく味方も殺し尽くす。先の世では猫の額ほどの土地を取り合って、あるいは誰も住まぬ島を取り合い、百万の人間が死ぬようになるだろう」

「そういう時代になったら、それがしは武士をやめます」

鯛玄は、背後の城を振り返った。

「こんな戦は経験したことがありません。あの炎も、空を飛ぶ火も」

「おれの最後の火だ」

藤太も、城を眺めた。

「おれはもう、燃える土を使わぬ。死んだ親父は、燃える土で盛大な焚き火をしたいと言っていた。この焚き火は、死んだ親父への供養の焼香だ。世の中を牛耳ろうとする者たちへの、ささやかな鉄槌《てっつい》よ」

そう言えば、と藤太は言った。

「ここ数日、城から抜け出した者がいる」

「悉くを捕まえました」

「その中に野田安重はいたか？」

「いいえ。水も漏らさぬ囲みを作っておりましたが、安重殿に逃げられましたか」

「逃げたのではなく、隠れているだけだ」

「なるほど」

「おれが鯛玄殿に助けてもらった鎮守の森を覚えていよう。あの社の下に隠れ場所がある。安重はそこにいるだろう」

「まことでございますか」

「おれを憲信殿のところへ届けたら、すぐに安重を捕まえに行くと良い。手柄は是非、鯛玄殿とあのときの御家来衆に立ててもらいたい」

「有り難きお言葉でござる」

「ところで、顔の怪我はどうだ」

「ご妻女から戴きました御薬のおかげで痛みが引き申した」

「妻か」

藤太は、わずかに笑った。

「可愛らしい御方でございますな」

「痛みが引いたのは何よりだ」

「あのときに戴いた明銭《みんせん》はまだ持っておりまする」

「飲まなかったのか」

「もったいなくて使えませぬ。家来たちもみな、お守りのように持ち歩いております」

おれは神様ではないぞ、と藤太は笑った。

「もし義基様が亡くなられたときには」

「おれが憲信殿に殺された後のことか」

「墓前に参って手を合わせたいと思っておりまする」

「鎌倉での宮仕えをやめて、ここに戻ってきてくれるか」

「宮仕えは、これでお終いにいたしまする」

「では、おれはこの地で待っている。おれも鯛玄殿と酒を酌み交わしたい」

一瞬、鯛玄は奇妙な表情を浮かべたが、すぐに合点した。

「墓前に忘れずに酒を供えまする」

「首を長くして待っている」

藤太は明るく笑いながら、後ろを歩いている家来たちを見た。

「お主たちも宮仕えを辞めて、ここへ来い」

「そのときには、それがしも酒をお持ちします」

為末は、真摯な顔で藤太を見つめた。

「嬉しいことだ」

藤太は、暗い表情を隠しきれない鯛玄を励ますように言った。

「お互い、先々の楽しみができた」


本陣はごった返していた。

事態を収拾できずに走り回る人間で混乱を極めている。鯛玄は、それらの人を掻き分けて本陣に向かった。本陣に張られた幔幕《まんまく》の周りを手練《てだ》れの武士たちが見張っている。鯛玄は幕の外に藤太を残して中に入った。

幕に囲まれた本陣は、畳二十畳ほどの広さがある。藤太が爺様たちに葦を刈らせた、まさにその場所に置かれていた。切り倒された橅《ぶな》の切り株がいくつか顔を出している。

本陣の幕の中に、十名ほどの武士たちが座っていた。奥に鎧を身に着けた憲信が一人で苛立たしげに立っている。兜は後ろに置いてあった。鯛玄が幕の中に入ると、憲信はさっそくに怒鳴りつけた。

「何しに戻ってきた」

「古河城主、矢部義基様をお連れしました」

鯛玄は、膝をついて報告した。

「捕らえたか」

憲信の顔が急に緩んだ。

「義基様は自ら殿にお会いしたいと城を出られました」

鯛玄はすばやく幕の外まで戻ると藤太に中へ入るようにと言った。本陣にいた全員が藤太を見た。

「城主は、野田安重ではなかったかの」

並んで座っていた武士の一人、今川範忠《いまがわのりただ》は、日焼けした顔にぎょろりとした目を光らせている。戦の中を生き抜いてきた男の面構えだった。その顔が、藤太を見て綻ぶように笑った。

「ひょっとこが城主とは思いも寄らなんだわ」

範忠の言葉に、並んで座っていた者たちも笑い出した。その様子を藤太は無言で見つめた。

「いや驚いたわ。こんな顔をした者がこの世にいるとはの」

別の武士が大鎧を震わせて笑った。

藤太は武士の顔をじっと見つめていたが、やがて右手を上げて己の額に当てた。炭の粉が顔に散った。手のひらで顔を撫でようとしたときに憲信の声が飛んだ。

「笑うな」

憲信は大股で武士たちの前に近づくと、床几《しょうぎ》に座って笑っている武士を蹴った。

「あの男の顔を笑うな。笑う奴は、おれが斬る」

その声に武士たちが黙り込んだ。

「あの男は、たった一人でおれの陣中に来た。わずかも怯えることなく、臆することもない。あの男の目鼻の奥にある気概が、うぬらには見えぬか」

額に当てていた右手を藤太は顔から離した。顔を炭の粉で隠さず、素の顔のままで腕を下ろした。

ぐるりと長大な顔を回した憲信は、藤太の前に立った。憲信は、藤太よりも一尺ほど背が高い。その長い顔は、藤太の頭頂部よりもさらに高いところにある。腕は藤太の倍も長い。やや前屈みに背中を丸めた憲信は、鼻が付きそうな近さから藤太を見つめた。

「おれはな、この世でおれのような顔を持つ男は他にはいまい、と諦めていた。だが世の中は広い。見事な顔があるものよ。おれはようやく、この顔に釣り合う男に巡り会えた」

いつもの顔で、藤太は静かに憲信を見返した。

「ところで城主の野田安重はどこだ？」

藤太の視界を憲信の顔が埋め尽くしている。

「城を捨てて逃げた」

「いずこにいる」

「ここにいる鯛玄殿がまもなく捕まえる。鯛玄殿は、すでに安重の居場所を突き止めた」

ほう、と憲信は、小さな目を藤太の隣に畏《かしこ》まっている鯛玄に向けた。その声が、別人のように激しく響いた。

「突き止めたのなら、何故捕まえに行かぬ」

腰の采配を抜いた憲信は、容赦なく鯛玄の頰を打った。真横に吹っ飛ぶように鯛玄が倒れた。倒れた鯛玄を憲信はさらに打った。鯛玄は虫のように地面に丸くなり、ただ堪えている。ひとしきり打ち続けてから、憲信は鯛玄の身体を蹴り飛ばした。鯛玄の身体が仰向けに転がった。

「すぐに安重を捕まえに行け」

身体を起こした鯛玄は、地面に片膝をついて頭を下げた。

「忘れるな。生きたまま連れて来るのだ」

鯛玄は腫れ上がった顔で平伏すると、そのまま後ろに下がった。幕の前で顔を上げた。藤太と視線が合った。ほんのかすかに、藤太にだけわかるほどに鯛玄は頷くと幕の向こうに消えた。

「さて、大炊助」

藤太の前に戻ってきた憲信は、嬉しそうに両手を揉み合わせた。山のように背が高く、壁のような巨体だった。藤太など指で摘んで放り捨てられてしまうだろう。石を彫り抜いたような無骨な顔の奥から、小さな目がじっと藤太を見た。

「お主は火男だ、と言う者がいる。現に城に攻め入ったおれの軍を焼き殺した」

「そうだ。おれは、火男だ。子供の頃から焚き火が好きだった」

「焚き火だと？」

「だから城にも、よく燃える薪を用意しておいた」

「聞いたか、みなの者。お主等が恐れたのは、ただの焚き火だ」

憲信は、歯を剥いて笑い出した。

「焚き火に鎌倉の大軍が怯えて逃げ出したか。鎌倉の兵はみな、焚き火で焼かれた栗の実か」

笑い止んだ憲信は、唇を舌先で舐めた。

「では、火男。今からおれと戦うわけだが、薪がなくてどうやって戦う？」

藤太は、ゆっくりと本陣を見回した。周りに十人ほどの侍が座っている。憲信に怒鳴りつけられて笑うのを我慢しているが、どの顔も藤太が哀れに死ぬのを楽しみにしていた。侍たちの背後に幕が張られている。藤太の視線が幕に沿って右に動き、地面に顔を覗かせている櫟の切り株で止まった。

「残念だったな。ここには切り株しかない。火男が薪にできるものはなにひとつないぞ」

藤太が切り株を見つめているのに気づいた憲信は、低い笑い声を漏らした。憲信の腰で、大太刀がじゃらりと鳴った。

「おまけに、その左腕だ。それでは動くまい」

「左腕は動かぬが、右腕は動く」

藤太は、左腕を少しだけ持ち上げた。肩から肘までは動かせるが、肘から先はまったく動かなかった。

「泣き言はなしだぞ」

憲信は数歩下がると、藤太との距離を開けた。藤太は動かなかった。

「どうした、火男。戦え」

憲信の拳が、藤太を襲った。藤太は身体を屈めて躱《かわ》したが、動かない左腕が身体の動きを妨げた。憲信の拳は、藤太に呼吸する間も与えぬほどに激しく襲いかかった。右を躱せば左から、左を避けると正面から岩の塊のような拳が飛んできた。何度目かに憲信の拳が藤太の頬を捉えた。藤太の両足が浮いた。宙で半回転して地面に落ちた。

「これだけか、火男」

憲信は、愉悦に満ちた表情を浮かべた。

藤太は、右腕で身体を起こした。憲信は、藤太が立ち上がるのを待って攻撃を再開した。右から飛んできた拳を藤太は仰《の》け反るようにして避けた。二度の攻撃を躱したが、三度目の拳を腹に食らった。藤太は身体を蝦《えび》のように折り曲げながら膝をついた。肋《あばら》の骨が折れたらしい。我慢できずに蹲《うずくま》って吐いた。二人の戦いを眺めている侍たちが一斉に笑った。今川範忠も歯を見せて笑っている。藤太が粉々になるのを楽しんでいた。

膝を突いて蹲った藤太に、憲信の拳が容赦なく襲いかかった。藤太は身を翻すようにして横に逃れた。地面の上を転がると、橅の切り株に身体が当たった。そこで止まった。真上から憲信の拳が落ちてきた。躱そうとしたが躱しきれなかった。真上から殴りつけられて、藤太は顔から地面に落ちた。一瞬、気を失いかけたが頭を振って耐えた。憲信は勝負を付けようとしたのだろう。再び、真上から拳を叩きつけた。藤太は、最後の力を振り絞って右の手のひらで地面を叩いた。身体が左へ飛んだ。憲信の拳が切り株を直撃した。憲信は拳を抱え込んで吼えた。指が折れたらしい。手を胸に抱きながら下がった。藤太は頭を振りながら、ふらつく身体を起こした。頬が切れ、瞼《まぶた》が腫れ上がっている。左の目はほぼ見えない。それでも立ち上がる。

憲信の顔に、感心したような表情が浮かんだ。

「まだ戦う気力があるか」

「まだだ。何としても、守るものがある」

藤太の口の端から血が流れる。

「おのれには命よりも大事なものがあるらしいな」

「あの城に」

藤太は、立っているのがやっとだ。

「豆粒のような城を、それほどまでしても守りたいか」

憲信は、声を上げて笑った。

「あの城を守るためなら、公方《くぼう》様も、京の都も薪にして燃やしてやる」

「それは」

豪気な話よ、と笑いながら、憲信は藤太を両手で捕まえた。折れた指が痛み顔を顰《しか》めたが、痛みに増して愉快でならない。

「おれは、そういう大きな話が好きだ。何より、お主の顔が好きだ。つまらぬ顔をした者たちが大手を振るう世の中にうんざりしていたところでな。ようやく男の顔に出会えたわ」

憲信は、藤太を両手で持ち上げた。藤太の両足が地面から一尺ほど浮いた。憲信の両手は、藤太の腰をつかんでいる。

「だがな、火男。公方様の前に、おれの首を取らねば話になるまい。さあ、おれの首を取ってみろ」

藤太は右手を握り締めて憲信の顔を打った。だが憲信の腕のほうが、はるかに長い。拳は届かず、空を切った。侍たちが、どっと笑った。

「どうした、早く取れ。火男」

憲信は、天を仰ぐほどに笑った。

「左腕が動かぬ」

藤太は、弱々しい声を漏らした。

「腕を誰に斬られた？」

憲信は、あらためて藤太の左腕を見た。

「斬られたわけじゃない」

藤太は、左腕を憲信によく見えるように持ち上げた。肘までは動かせるが、手首はだらりと垂れ下がったままだった。その手首には、麻糸で皮膚を縫い上げた痕が痛々しく残っている。

「ひどい手当てだな」

興味を掻き立てられたらしく、憲信は藤太の左腕に顔を近づけた。

「手当てじゃない」

「違うのか？」

「手首に筒を埋めた」

筒？　と憲信は眉を顰《ひそ》めた。

「何故、そんなことをする？」

「最後の焚き火をするためだ」

藤太の右手が、左手に伸びた。指先に火が点った。その火で左腕を炙った。

轟音と共に左腕が破裂した。

肘から先が吹っ飛び、飛び散った指が憲信の顔に突き刺さった。血だらけになった顔を押さえて憲信がよろめいた。藤太の足が地面に着いた。左腕は肘から先がなくなっていたが、とうに痛みを感じなくなっている。目の前に足下をふらつかせた憲信が立っている。その腰に大太刀が吊ってあった。その太刀は、すでに鞘の中にない。地面に足がついたときに藤太が引き抜いていた。

真横に憲信の足を薙《な》いだ。

両足を切断された憲信は、もんどり打って倒れた。地面に、足首がふたつ残った。背後で武士たちが一斉に立ち上がった。声を上げながら刀を抜いた。振り返り様に藤太は一人を斬った。二人目の胴を薙いだときに、太刀が鎧に食い込んだ。抜けない。右手から三人目が斬り込んできた。太刀を手放した藤太は、後ろに倒れながら斬り込みを躱した。

「殿がやられたぞ」

怒鳴りながら、今川範忠は幔幕の外へ駆け出していった。

他の男たちは刀を手に、藤太に迫った。藤太は、地面を転がって逃げた。すぐに身体が固いものに当たった。橅の切り株だった。そばに陶製の壺が頭を覗かせている。いつか爺様たちと埋めたものだ。藤太は、右手に点した火を壺に投げた。

武士たちが藤太を取り囲んだ。刀を振り上げる。藤太は、地面に伏せて頭を抱えた。

大地が大きく盛り上がった。

藤太を取り囲んだ武士たちは何が起きたのかわからず、ただ悲鳴を上げた。丸く膨らんだ大地が割れると、数百の雷が落ちたかと思うような音と光が周囲を満たした。耳を聾《ろう》する轟音と共に、瞼を閉じてもなお目が眩むほどの光が溢れた。刀を手にした武士が気を失って倒れた。転ぶ者もあれば、叫び声を上げる者もいた。あらかたは刀を放り出して一散に逃げた。幕を引き千切り、両手を振り回し、後先を見ずに駆け出していった。その男たちを追いかけるように地面の上を小さな火が走った。まるで野鼠《のねずみ》が駆け回るように火は数を増やし、右へ左へと走り出していく。その火が走る先々で次々に地面が盛り上がり、轟音と光とを撒き散らした。

本陣は恐怖に呑み込まれた。怒号が叫び声に変わった。地を揺らし、轟音が轟き、目が眩むほどの光が満ちた。武士も足軽も夢中で逃げた。暴れ出した馬が、逃げまどう者たちを蹴り倒した。


本陣の幕の内に、憲信の死体と藤太が残った。身体を起こした藤太は左腕の具合を確かめた。白い骨が覗いている。腰に挟んでいた晒の布を取り出して固く巻きつけた。それが終わると太刀を拾い上げて憲信の首を切った。ぐるりと見回すと必要なものが目に入った。幔幕を破り、それを包み込むと本陣を出た。

混乱し壊走し出しているとは言え、まだ本陣の周囲には鎌倉兵が残っている。逃げる者、騒ぐ者、座り込んだまま動けない者。無人の野を行くわけではない。それらの鎌倉兵たちの何人かが藤太に気づいた。さらに藤太が背負っているものを見て、わっと逃げた。が、踏み留まる者もいる。彼らは刀を抜き、藤太に迫ってきた。

「お主が担いでいるものは、そ、それは」

初老の鎌倉兵の顔から血の気が引いた。

「憲信殿が三途の川を渡るところだ。邪魔をするな」

藤太は、背中の荷物を揺すり上げた。

「それを奪われるわけにはゆかぬ」

すでに数人の鎌倉兵たちが藤太を取り囲んだ。だが、誰もが魔物を見たように腰が引けている。

藤太は、じっと地面を見た。何かを探すように視線が地面の上を行き来した。

「お主、何を探している?」

初老の鎌倉兵が聞いた。

「三途の川を渡る橋だ」

藤太の目が、地上の一点で止まった。わずかに地面が盛り上がり、そこだけ色の違う土が被せられている。藤太は、右手を開いた。ぽっと炎が生まれた。鎌倉兵たちは、声を上げて飛び退《すさ》った。

藤太が炎を投げた。

炎は、地面の膨らんだところまで転がると弾けたように燃え広がった。すぐに藤太は地面に伏した。鎌倉兵たちはわけもわからずに立ち尽くしている。その足下の大地が割れた。轟音と目映《まばゆ》い光が溢れた。蜘蛛の子を散らすように鎌倉兵たちは逃げ去った。

荷物を背負い直してから、藤太は立ち上がった。歩きながら、五十歩先にあるはずの地面の膨らみを探した。それはすぐに見つかった。一旦は逃げたものの執拗《しつよう》に追って来る鎌倉兵を、第二、第三の壺の炎で追い返しながら進んだ。

だが、城の門が遠目に見える辺りまで来たところで、頼りの壺がなくなっていた。城を燃やした熱で壺に火が回ったらしい。壺は割れ、燃え尽きてしまっている。

後をつけてきた二人の鎌倉兵が、藤太の前を塞いだ。両人ともに兜を失っている。背負っていた荷を地面に下ろした藤太は、右手を持ち上げた。手のひらから炎が上がる。鎌倉兵たちは、それを見て足を止め、じっと藤太を見つめている。藤太の右手の炎は、しかし何事も起こさずに燃え尽きた。ついに力尽きて、藤太の右手が下がった。

煤と泥とで真っ黒になった顔で鎌倉兵が笑った。太刀を構えて藤太に向かって近づいていく。

藤太には何もできなかった。

正面に来た鎌倉兵が太刀を振り上げた。その額に穴が開いた。穴を開けたのは鏃《やじり》だった。後頭部から矢に貫かれて、鎌倉兵は崩れるように倒れた。もう一人の鎌倉兵が慌てて振り返った。右耳に布を巻きつけた七郎太が刀を振り上げ、声を張り上げて駆け込んできた。ただ一太刀で斬り倒した。その背後では、爺様が弓を構えている。


城に戻ると、藤太は広場にみなを集めた。

「雷様」

伽那は、泣き出しそうな顔で藤太を見つめた。

藤太の顔は殴られて腫れ上がり、左目がほぼ塞がっていた。さらに顔の半分が火傷で真っ赤に膨れあがっている。左腕は、肘の先がなくなっていた。

「すぐに手当てを」

「簡単で良い。余り時間がない。小五郎は?」

「まだ戻ってこないの」

伽那と青田七郎太が、二人がかりで手早く手当てを施した。血止めをした後に、傷に効く薬草を煮詰めたものを塗り付けた布を、固く巻いた。その間、全員が黙ったまま藤太を見つめた。

「小五郎様が」

はるが駆け込んできた。

「帰ったか」

野伏たちが崩れた小屋の屋根を持ち上げると、その下にある抜け穴から小五郎が顔を出した。

「抜け道の出口を開けて参りました。今なら鎌倉兵は一人もおりません」

「ご苦労だった」

手当てが終わると藤太は立ち上がった。

「戦は終わりだ。この後は気儘《きまま》に生きろ」

「気儘に？」

山崎の爺様は、驚いた顔で藤太を見た。

「好きなところへ行くが良い。新しい殿に仕えたいなら、そうしろ。もし義基殿に仕えたいのなら、これを持って行け」

藤太は、布に包んで運んできたものを皆の前に置いた。布の中から、一尺半もある長大な首が現れた。顔は煤だらけになっていたが、鎌倉の大将上杉憲信に間違いなかった。

「これを土産に持って行けば、そのほうたちを今までのように粗略には扱うまい」

八十余名の者たちの間にざわめきが起きた。

「この首を見たら、あの義基のことだ。この首は自分が取ったと世間に言いふらすだろう。己の手柄にする様が目に浮かぶわ」

爺様は、しげしげと憲信の首を眺めた。

「そうなれば、まことを知っているお主等を安くは雇えなくなる。悪くない話だ」

藤太は、煤けた首を爺様の前に押し出した。

「殿は、我らのためにその首を取りに行かれたのですか」

小五郎は藤太の前に膝を突いた。

「おれは焚き火がしたかっただけだ。もともとは京の都で焚き火をするつもりだったが、この城に来て、お主等と会えて、実に良い焚き火ができた。公方様を燃やしても、かほどの満足は得られまい」

急げ、と藤太は言った。

「鎌倉勢は一旦は引いたが、また押し寄せてくる。すぐに城を出ろ」

「殿は？」

ふと気づいたように爺様は顔を上げた。

「おれは、城に残って抜け穴を塞ぐ」

「駄目よ。残るなんて駄目」

伽那は叫んだ。

「いささか疲れた。それに、もうしばらくこの焚き火を眺めていたい」

「そんなの駄目。一緒に逃げて」

「川の向こうには義基様が待ち構えている。おれが一緒に行けば面倒なことになるさ」

藤太の言葉に、小五郎は頷いた。そうだろう、と思っている。

「我らが、俵藤様をお守りいたします」

七郎太は腕を振り上げた。

「それはできまい。義基様は抜け目のない御方だ。我らの妻子を盾にして、我らに手は出させまい」

小五郎は、七郎太に悲しげな顔を向けた。

「すぐに支度をしろ。時間がない」

藤太は急《せ》かした。

「殿」

爺様は、藤太の前に膝を突いた。

「それがしは、ようやく探し求めていた殿に巡り会うことができました。ここが探し求めていた場所です。二度と離れとうございませぬ。殿のそばに仕え、生きるときも死ぬときも」

爺様の言葉が詰まった。顔を俯《うつむ》けて肩を震わせた。

「いついかなるときも、それがしは殿の家来にございまする」

全員が藤太の前に跪き、深く頭を下げた。

「お主たちの命は、いずれもおれの宝物だ」

藤太は、みなに笑顔を見せた。

「一人も欠けることなく、この城から送り出せることが何よりも嬉しい。早く行け。穴の底で死ぬのは蚯蚓だけだ。お主たちじゃない」

「殿は」

死ぬおつもりですか、と言いたかったが、小五郎はそこまで言葉にできなかった。

「案ずるな。死にはせぬ。せっかくの焚き火だ。もう少し楽しんでから、ゆるりと逃げる」

「では、それがしだけでもお供を」

爺様は食い下がった。

「要らぬ。山崎三郎義正に最後の命《めい》を与える。この者たちと共に城を出ろ」

それがしは、と言った爺様の声がかすれた。

「おれは、お主たちの一人たりとも死なせたくはない。愚かなことは許さぬ」

爺様は、首を折ったように頭《こうべ》を垂れた。

「小五郎。伽那を頼むぞ」

藤太は、小五郎にも命じた。

「嫌です。伽那は雷様から離れない」

伽那は、藤太の首にしがみついた。

「小五郎と行くんだ。おれが迎えに行くまで待っていろ」

「嘘。雷様がここで死ぬおつもりのことくらい、伽那にもわかる。伽那は雷様と一緒に死にたい」

伽那は離れない。


城に残っていた者たちが次々に抜け穴に入った。

晒に包んだ憲信の首を提げた七郎太が出て行き、爺様も藤太に深く頭を下げてから出て行った。最後の野伏は抜け穴の入り口の周りに、その大きな手で残っていた藤太の壺を置いた。壺を並べ終えると、藤太に向かって片膝を突いた。すぐに穴の中に消えた。

小五郎が、穴のそばで伽那を待っている。

「伽那がぐずぐずしていると、小五郎が死ぬ。小五郎を助けてやれ」

藤太は、自分の首に巻き付いている伽那の手を解《ほど》いた。

伽那は指先で涙を拭うと、藤太を睨んだ。その手で藤太の頰を打った。乾いた音が響いた。

「雷様は、私を地獄へ突き落とした」

藤太は叩かれたまま、顔を横に向けている。不意に伽那は、藤太の頬に自分の頬を強く押しつけた。藤太の頬が濡れた。頬を離すと伽那は背中を向けて歩き出した。一度も振り返らなかった。

藤太が、一人残った。

ゆっくりと立ち上がると見張り台に上った。見張り台は太い丸太を組み上げて作られているが、その丸太も黒く燻っていた。城を包んでいた炎は治まり、黒々と吹き上がっていた煙も、今はあちこちで細々と上がるだけになっている。天を覆っていた黒い雲が切れ始めた。

藤太は右手を持ち上げて指を擦り合わせた。手のひらに小さな火が生まれた。みなが出て行った抜け穴の入り口に素焼きの壺が並んでいる。そこへ火を放った。轟音が四方を震わせ、周囲の地面が崩れて抜け穴が消滅した。

「親父の焚き火だ。雲の上からも、よく見えただろう」

見上げる空を、黒々とした煙が流れていく。その煙の隙間から日の覚めるような明るい日差しが差し込んできた。その光は、幾筋もの帯になって地上に降り注いだ。そのひとつが藤太を包み込んだ。光にくるまれて藤太は微笑んだ。

「鎌倉管領九代記《かんりょうくだいき》」には、再度鎌倉勢が城に攻め入ったときには、城側の兵は消え失せたように一人もいなかったと記されている。ただ一万余の死体が転がっているだけだったと。

城が空になり、鎌倉に反旗を翻す者が消えてしまった以上、鎌倉勢が留まる理由はどこにもなかった。何よりも死体の始末をしなければならない。彼らは死体を回収すると、その日のうちに鎌倉に向かって引き返し始めた。

紫陽花《あじさい》が下総《しもうさ》の野に咲いた。

路上に青大将がのたりと寝そべっている。その青大将を若侍がつかみ上げた。顔に、ひょっとこの面を被っている。まるで子供のようにきゃっきゃっと声を上げながら青大将を振り回していたが、やがて飽きると畑に放り込んだ。

「暑い」

若侍は、ひょっとこの面を脱いだ。十代後半の青臭い顔が現れた。頬が面皰《にきび》で真っ赤になっている。その肌から草いきれが匂いそうなほどに、若い。

若侍は、矢部大炊助義基に十日ほど前に雇われた家来の一人だった。麻の着物に侍烏帽子《さむらいえぼし》を被り、流行の軽くて尺の短い刀を下げている。言葉遣いもぞんざいだった。年上にも平気で同輩のように話しかける。

「こう暑くてはたまらんなあ」

若侍は、そばに腰を下ろしている御坂小五郎に声をかけた。

小五郎は曖昧に頷いた。彼は、若侍の言葉遣いを正そうなどという、手に負えるはずもない役目はとうに諦めている。近頃の若い奴らはみんな同じだ。まっとうな言葉遣いをする者などいるはずもない。

それはそうとして、と小五郎は空を見上げた。

確かに暑い。

戦の後、義基の家来の半数ほどが姿を消した。その多くは独り者か、家族がいても女房だけで子のいない者だった。子供や親を抱えた者の大半は、悩み抜いた末に元の鞘に収まることを選んだ。「残る者には褒美の砂金を与える」と義基が約束してくれたことも大きかった。砂金は雀の涙だったが、それでも家族を抱えている者には有り難かった。小五郎もさんざん考え抜いた末に、義基の禄を食《は》むことを選んだ。

刀で世の中を渡っていく器量が自分にはない、と小五郎は思っている。刀が遣えても、主を斬る度胸がない。この世には刀一本で国を獲る者もいるが、どうやればそんな望みが叶うのか、小五郎には見当もつかなかった。小五郎にとっては、世の中はいつも銭を持つ者が勝つ。銭を持つ者が人間の屑であろうが、ケダモノであろうが、銭のない者は目をつむり、鼻を摘んで仕えて生きるしかない。仕事にありつけず路頭に迷うことこそ、小五郎が恐れる無間《むげん》地獄だ。

義基の娘、伽那の住む館の前に、小五郎を含めた義基の家来二十人ほどが休んでいる。

戦の後、川向こうに身を潜めていた義基は、二月《ふたつき》ほどが過ぎた今日になってようやく、城の近くまで足を延ばした。すでに伽那は元の館で暮らしている。その伽那の館を義基が久しぶりに訪れた目的は、無論ひとつしかない。座敷に上がり込んだ義基は、伽那を抱きかかえると小五郎たちの見ている前で障子を固く閉ざした。家来たちは門の周りに腰を下ろして、義基の、ことが済むのを待っている。

嫌な役目だ。

小五郎は襟を寛《くつろ》げて汗を拭いながら溜息をついた。

これが仕えることだと諦めているが、しかし気が滅入る。若侍の能天気振りが羨ましかった。伽那を見た義基の目が獣じみてぎらついていた。今日は長く待つことになるだろう。

小五郎の隣に、同輩の青田七郎太がしゃがみ込んでいる。黒い顔に汗を吹き出させて拭おうともしない。半分になった右の耳朶《みみたぶ》にも汗を掻いていた。見かねた小五郎は、懐から出した晒の布を七郎太に渡した。受け取った七郎太は、黙ったまま顔を拭った。

怒っていやがる、と小五郎は気づいた。

義基の意地汚さに怒っている。それ以上に、義基に仕えなければならない我が身を怒っているのだろう。

あの戦のときは。

主の嫌なところを目の当たりにする度に、小五郎は思い出さずにはいられなかった。

生きる張りがあった。

「戦のときは楽しかったな」

七郎太の言葉が、小五郎の思いを中断させた。

同じことを考えていやがる、と小五郎は苦笑した。

七郎太が同じことを考えていたことに苦い笑いを浮かべたが、一方で当然だろうという気もした。あれは得難い経験だった。あれほどの幸福な時間を過ごした者たちには、いつまでもあのときの記憶がついて回るに違いない。

小五郎は、館の奥へ大股で歩いていく山崎三郎義正を眺めた。爺様も怒っている。

相変わらずみなから爺様と呼ばれる男は、戦の後に、小五郎の口添えで義基に雇われた。あれほどに義基を嫌っていたが、爺様も暮らしのために目をつむり、鼻を摘むようにして仕えることを選んだ。それでも今日のことは、さすがに腹に据えかねたらしい。少しでも義基から離れた場所で息をしたいと、下女のはるが働いている台所へ逃げ込むつもりだろう。戦以来、爺様は、はると仲が良い。あるいは爺様が義基の家来になろうと決めた理由は、その辺りかもしれなかった。ひょっとすると祝言《しゅうげん》という話になるかもしれないが、それはそれとして、今日の爺様はそういう甘い気持ちには浸れまい。義基が振りまいている腐臭から逃げるので精一杯に違いなかった。

「おい、見ろ。侍が来る」

若侍が猿のような声を上げた。

小五郎は耳に突き刺さるような若侍の声にうんざりしながら顔を上げた。通りの向こうから、馬に乗って一人の男が近づいてくる。

男は真っ赤な着物を着て、若侍と同じようにひょっとこの面を被っていた。

四月の戦のことは、未《いま》だに近辺での語り草になっている。義基が鎌倉を向こうに回して大戦をしてのけたと吹聴《ふいちょう》して回ったのが発端だった。その話が回り回《めぐ》って尾《お》鰭《ひれ》がついて、人々が熱狂する物語に変貌した。人々は、顔を合わせれば戦の顛末《てんまつ》を語り合い、あれこれと新しく耳にした噂を交換し合った。

元の古河城主だった野田安重の消息はわからない。鎌倉勢に捕まり、家来共々首を刎《は》ねられたという噂はある。噂のひとつに、安重は鯛に食われたというものがある。噂の出所はわからない。それを聞いた者たちは、どうして海にいる鯛に食われるのだと笑い飛ばした。

奇妙な噂は、まだある。あるいは噂というものはおしなべてそういうものかもしれないが、鎌倉方の大将上杉憲信の消息に関するものだった。憲信の首は、この地にある。もちろん噂をする者たちがその首を見たわけではない。首がここにあるということも、ひとつの噂に過ぎない。その憲信が恙《つつが》なく鎌倉に帰った、という噂である。首を忘れて身体だけが帰ったのだという者もいるが、別の噂もある。戦に出かけるときには一尺半もあった長大な顔が、帰ってきたときには半分ほどに縮んでいた、という。

替え玉だ、と小五郎は溜息をつく。

総大将を殺されては鎌倉の面目が立たない。見事にこの地を平定して凱旋《がいせん》したことにしたいのだ。中身が異なろうが構うまい。当人が己を憲信だと言い、周囲の者がそうだと言えば、それで納まる。己の利を侵されなければ、他のことをとやかく言う者はいない。人の中身が変わろうが、損が出なければ構わないということだ。

あまたの噂の中で、この地の者たちは義基が憲信の首を取ったという噂を何よりも愛している。真っ赤な褞袍を着て、ひょっとこの面を被った義基が、たった一人で鎌倉の本陣に乗り込み、化け物のような憲信の首をもぎ取るや、悠々と歩いて城に戻ったという噂を毎日のように語り合った。

その話が、この地に住む者たちを興奮させ続けていた。この春以来、誰も彼もが赤い褞袍や着物を着て、ひょっとこの面を被りたがった。一時はひょっとこの面が手に入らなくなり、おかめの面を付ける者まで現れたほどである。五歳の子供から七十の年寄りまでがひょっとこの面を被り、赤い着物の袖を振って町を歩いた。鎮守様の祭りには、村中の者が同じ格好で踊った。

最初の頃こそ褞袍だったが、六月に入るとさすがに暑苦しくなり、麻の着物や浴衣に替わり始めたが、相変わらずその格好の者を見ない日はない。野木の十日の市に行けば、そのような格好をした男女をいくらでも見ることができた。

そういう男だろう、と小五郎は馬に揺られて近づいてくる男を眺めた。

ひょっとこの面をつけた男は、右手で手綱を握り、左手は袖の中に仕舞っていた。腰に小振りな刀を吊るしている。そのひょっとこが小五郎たちの前で馬を止めた。

「そこに馬を止めるな。邪魔だ。退《の》け、退け」

飛蝗《ばった》のように馬に駆け寄った若侍は、しっしっと蝿を追い払うように手を振りながら怒鳴った。何しろ主の義基は、鎌倉の大将の首を毟《むし》り取った英雄である。その家来だと思うだけで若侍の態度は、富士の御山を負かすほどにも大きくなる。道に寝そべっていた青大将をつかんで放るように、馬上のひょっとこを追い払おうとした。

その様子を、小五郎は渋い顔で眺めた。あれでは喧嘩を売っているようなものではないかと思うが、それを説いても若侍にはわかるまい。

うに見えた。ひょっとこは黙ったまま、若侍を眺めた。立ち去ろうという気はさらさらないよ

「聞こえぬか、無礼者め。門前に馬を止めるな。どなたの御館だと思うている。分際をわきまえろ」

大納言《だいなごん》にでもなったような態度で、若侍はひょっとこを怒鳴りつけた。

その声がまるで聞こえないかのように、ひょっとこは黙っている。面に開いた小さな穴の奥から、静かに若侍を眺めていた。その沈黙に、小五郎はふと顔を上げた。似ている、と思った。思わず隣に座っている七郎太を見た。七郎太もまた、汗で濡れた黒い顔を上げてひょっとこを見上げていた。

「少々お尋ねしたきことがございまする」

立ち上がった小五郎は、腰を曲げて馬の前に立った。

そのとき女の叫び声が聞こえた。お許しください、と叫んだようだったが、その声は悲鳴に近く、言葉がよく聞き取れなかった。ひょっとこが首を回した。悲鳴が聞こえた館の屋根に、茅《かや》を焦がすほどの日差しが降り注いでいる。館をしばし眺めてから、ひょっとこはその面に付いたふたつの目を馬の前に立っている小五郎に戻

した。無言で見つめた。その気迫に押されて、小五郎は脇へ一歩退いた。軽く馬腹を蹴ると、ひょっとこは庭の中へ馬を進ませた。家来たちが一斉に立ち上がった。

若侍も馬に駆け寄った。

「狼藉者《ろうぜきもの》め」

若侍は、甲高い声で叫んだ。

その声に重なるように、館から悲鳴が聞こえた。助けてください、と今度ははっきりと聞き取れた。伽那の声だ。悲痛な響きが籠もっている。思わず家来たちも館に顔を向けた。みなが辛い表情になった。七郎太は、握り締めた拳を震わせている。

若侍は一人でひょっとこの馬を止めようとしたが、巨大な馬体を押しとどめることはできなかった。若侍を引き摺《ず》ったまま庭の中程まで馬を進めると、ひょっとこはそこで馬を下りた。下りるときにも右手だけを使った。

「おのれ、おのれ、おのれ。出て行かぬと斬り捨てるぞ」

若侍は額に青筋を立てて怒鳴りながら、ひょっとこの前に立ち塞がった。額にびっしょりと汗を掻いているのは、暑さのせいだけではない。若侍は威勢の割に喧嘩は弱い。口だけである。それでも刀に手をかけた。抜こうとしたが、手が動かない。

顔を上げると目の前にひょっとこの面があった。柄《つか》にかけた若侍の手を、ひょっとこの右手が押さえている。

「何をする。は、放せ」

ひょっとこの右手が飛んだ。頰を張られた若侍は、足の裏を天に向けてひっくり返った。

「わああっ」

地面に大の字になったまま、若侍は子供のようにばたばたと手足を動かした。

「静かにしろ。お主のかなう相手ではない」

小五郎は、若侍に声をかけた。

その声に、ひょっとこが振り向いた。面に描かれた顔は、鼻と口とが右側に大きくひん曲がっている。思わず笑い出してしまいそうな顔だった。目玉のところに小さな穴が開いている。その黒い穴が小五郎を見た。ひょっとこは喋らない。その沈黙に、小五郎も口を閉じた。

また伽那の悲痛な声が聞こえた。ひょっとこが座敷に面を向けた。そのときには軽々と濡れ縁に駆け上がっていた。小五郎は追うことができなかった。七郎太も、他の家来たちも、ただ黙って眺めた。

ひょっとこは、右手でからりと障子を開けた。

そこは八畳間になっている。まっすぐに進んで次の間に通じる襖を開いた。そこも無人の八畳間だった。さらに奥へ進んだ。次の襖を開けると、そこに義基がいた。手足を縛った伽那の上に馬乗りになっている。ひどく悪相になった面長の顔をねじ曲げて義基が振り向いた。頰に貼りついた脂肪が重たそうに垂れている。

「無礼者め。どうして入ってきた」

義基は、額に青筋を立てて怒鳴った。

ひょっとこは、義基には構わずに伽那を見た。手足を縛られた姿で着物の胸元を広げられている。白い胸が露わになっていた。

「な、何やつだ」

義基は、転がるように伽那の身体から下りた。

「おれは、ひょっとこよ」

ひょっとこの面の下から、くぐもった低い声が聞こえた。

何い、と義基は目を剝いた。

「それは被っている面のことであろう。わしが聞いているのは面の下の」

言葉が途切れた。大きく口を開いたまま、ひょっとこを見つめた。

「おのれは、まさか」

ひょっとこが面を外した。面の下から、藤太の顔が現れた。生きていたのか、と義基が言うよりも早く、伽那が雷様と叫んだ。藤太の顔は、以前と変わらなかった。額の端にわずかに火傷の引き攣れが見えるだけだった。

「おれの女を抱こうとする者は斬って良い、という約束だったな」

藤太は、腰の刀に右手を添えた。

「い、いや、待て」

両手を前に突き出しながら、義基は下がった。背後に床の間がある。刀掛けに大小の刀が掛かっていた。

「伽那」

藤太は、伽那に顔を向けた。

「父御《ててご》が死ぬと悲しいか？」

伽那は、首を横に振った。そのことに義基は戦慄した。

「父御が死んでもいいな」

伽那が頷いた。義基は、あわあわと口を動かしながら後退った。手が刀掛けに触れた。

「ま、待て。ひょっとこ。わしがいなければ、この国はどうなる。この美しい国を守るのは」

震える手で刀をつかんだ。が、すでに首が畳に転がっていた。

藤太は義基の着物で刀の血を拭き取ると、その刀で伽那の縛《いまし》めを解いた。手足が自由になると、伽那は子供のように藤太にしがみついた。

「生きていたのね」

「城で一休みをしていたら、一頭の馬が目の前に駆けてきた。その馬に乗って門から飛び出し、混乱していた鎌倉勢を追い越すようにして逃げた」

藤太は、刀を鞘に納めた。

「わざわざ道を空けてくれる者さえいてな」

「やっぱり雷様だから？」

伽那は少しだけ顔を離すと、不思議そうに藤太の顔を覗き込んだ。

「憲信の首を取ったときに、鬼の角と呼ばれる兜ももらっておいたのだ。逃げるときに、その兜を被った。兜を見た鎌倉兵たちは、おれの顔を確かめるよりも先に急いで道を空けてくれたよ」

「良かった。ずっと会いたかった」

伽那は、藤太の首に両腕を回した。そうしてしばらくの間、藤太の首筋に顔を押し付けていたが、何かに気づいたように顔を離した。涙で濡れた黒い瞳で藤太の目を覗き込んだ。

「遅すぎる」

「伽那の袵袍を作らせていた。それに時間がかかった」

「私の？」

「鞍に積んである」

「全部、許します」

伽那はもう一度しがみつくと、藤太の頬に濡れた頬を強く押し付けた。

「生きていてくれただけで、全部」

伽那を背負った藤太は、縁側へ戻った。

ようやく若侍が駆け込んできた。藤太と擦れ違うように奥の座敷に駆け込むと、義基の死体を見つけて叫び声を上げた。

「殿が殺された。その男が殿を殺したぞ」

大声で叫びながら藤太を追い越した若侍は、飛蝗《ばった》のように庭へ飛び降りた。そこで震えながら刀を抜いた。

「こ、こ、こ、この男だ。この男が殿を殺した。それだけじゃないぞ。伽那様も攫《さら》うつもりだ。みなの者、こやつを殺せ。殿の仇を討て」

若侍の背後に家来たちが集まってきた。小五郎も、七郎太もいる。台所からは、騒ぎを聞きつけた爺様が足音を鳴らして駆けつけてきた。仲間が増えて気を良くしたのか、若侍は刀を構えたまま怒鳴った。

「盗賊め。この館から生きては帰さぬぞ」

若侍の声を無視して、藤太は庭に下りた。その背中には幸せそうに伽那が背負われている。

小五郎は、驚いた顔で二人を見た。七郎太も目を丸くしている。驚きすぎて言葉が出てこない。廊下を走ってきた爺様は、庭に立っている藤太と伽那を見るとすぐに奥の座敷へ駆け込んでいった。

「おい、どうして刀を抜かない。この男を斬れ。殿の仇だ」

若侍は、みながまったく動こうとしないことに苛立った。同時に不安も感じたようだった。忙しく左右を見ては声を張り上げた。

「おい、おい。刀を納めろ。お主は勘違いをしておる」

奥の座敷から戻ってきた爺様は、両手を上げて若侍を制した。

「勘違いとは何だ、爺《じじい》。おれの何が勘違いだ？」

若侍は、濡れ縁に出てきた爺様を睨んだ。

「殿は殺されていない」爺様は言った。

「何い？」

若侍は、喉の奥まで覗かせて喚いた。

「爺の目は節穴か。奥座敷で殿が斬られているだろうが。こいつに殺されたんだぞ」

同意を求めるように、若侍は小五郎に顔を向けた。

「お主が間違っている」

小五郎は、静かに言った。

はあ、と若侍は気の抜けた声を漏らした。

「そのほう等、揃いも揃って頭がどうかしたんじゃねえのか。殿が殺されたんだ。呑気《のんき》なことを言ってて良いのか」

「口を慎め。お主の声は耳に響く」

七郎太は若侍の肩を叩いた。

「慎めるか。殿が殺されたんだぞ」

「殺されてはいない。我らの殿は今、我らの目の前に立っている」

七郎太は諭すように言った。

「とうとうお主も惚《ほう》けたか。どいつもこいつも揃って阿呆になりはてたのかよ」

「確かに奥の座敷で男が死んでいるがな、あれは殿の寝所に忍び込んだ不逞《ふてい》の輩《やから》だ。人間の屑に過ぎん。それを殿が成敗した。我らがまことの殿は、それ、そこに立っているひょっとこの面を被った武士《もののふ》よ」

そう言いながら、爺様は満足そうに藤太を見つめた。

「爺様。殿はお面を外されているの。そんなこともわからないの」

藤太の背に負ぶさっている伽那が睨んだ。

「申し訳ありませぬ。嬉しくて、つい口が滑りました」

首を竦《すく》めた爺様は、濡れ縁から庭に下りると藤太の前に膝を突いた。

「御無事の御帰りを首を長くしてお待ち申しておりました」

爺様の隣に小五郎も跪いた。集まっていた家来たち全員が藤太の前に畏まった。

その中で若侍だけが刀を握り締めて突っ立っている。

「や、や、や。これは一体」

若侍には、何がなにやらまったくわからない。小五郎は、若侍の着物をつかむと無理矢理に跪かせた。

「伽那様を背負っている御方こそ、我らのまことの殿だ。これからは、ずっと良い世の中になる」

伽那は、小五郎の言葉を聞きながら藤太の襟の中に顔を埋めた。そっと唇を藤太の首に押し付けた。

二度と離れないから。

囁く声は藤太にだけ聞こえた。

無論だ、と藤太も囁き返した。二度と放すものか。

考えてみれば、百五十年の歳月を掛けて俵藤家が探し求めたものこそ、いまここに控えている男たちであり、いま藤太が背中に負ぶっている女かもしれない。

庭に下り立つと、遠くに城の銀杏の木が望めた。木肌は焦げて黒ずんでいるが、枝のあちこちから若葉が萌《も》えだして穏やかな風にそよいでいた。

藤太は伽那の温もりを背中に感じながら、ゆっくりと日の降り注ぐ庭先を歩いた。

主な参考文献

『古河市史　資料別巻』（古河市役所発行）

解説

縄田一男

本書『炎が奔る』は、はじめ『火男』といって吉来駿作さんの第五回朝日時代小説大賞の受賞作だった。

当時、私はこの賞の選考委員をしており、ひどく悔しい思いをしたので、まずはそのことから書きはじめたいと思う。

例えば、鎌倉の大軍十万以上をむこうに回した古河城八十五人という決戦の火蓋が切られ、瞬く間に千を超す敵兵を葬った場面の痛快さはどうだ。

火男、すなわち俵藤藤太の采配に感極まった爺様が喜びに打ち震える場面、

おれは。

爺様は胸を張って叫びたかった。

おれは、ここにいるぞ。

青空に伸び上がる夏雲のように命が膨らむ。声の限りに叫び出したいような、名状しがたい歓《よろこ》びに心が震える。

死ねる、と思った。

この戦なら、死ねる。あの男と共に戦うのなら、死ねる。今こそ、ここにこそ、武士としての、おれの場所がある。

爺様の顔に、白い歯が覗いた。

おれは、生きている。

そう叫びたかった。

あの男に出会えて、おれは生きる。

の素晴らしさはどうだ。

だが私は、これを多くの読者に伝える術を持たなかった。すなわち、選考委員は、自分が選考した作品の書評をするわけにはいかないのだ。私はこのジレンマにどれだけ悩んだことだろう。が、私は幸いにも本書が世に出る二番目の機会、文庫化にも立ち会うことができた。

こうなれば、しめたものだ。

主人公・火男の優れた点は、戦術の巧みさばかりではない。いったん死を覚悟した人間を生のベクトルへと向かわせる、そのパワーにあるのだ。

ここで作品が、第五回朝日時代小説大賞を受賞した経緯を整理しておこう。

当時の選評を振り返ってみよう。

縄田一男曰く「今回の候補作中、この作品ほど、おかしく、またかなしく、したたかな作品はなかったと思う。本当は硝石を使っているのだが、火を吹く特殊な能力を持ち、ひょっとこ面をした火の神様、火男をめぐる一種の奇譚、またはメルヘンといった内容のもので、いい意味で、歴史・時代小説にこういう持ち味の作品はなかったと思う。ユーモアが哀切に、哀切がユーモアに転じる巧みさ、また、人として受け入れられぬ主人公を通しての寓話的要素等に。一方でさまざまな欠点も指摘されたが、私はこの作者が今回の五人のなかでいちばん物語作家としての芽を持っていると思い、受賞作に推した。」

松井今朝子曰く「『火男』には不思議な味わいがあって、それを小説としての欠陥と受け取るか、魅力と受け取るかは大きく意見の分かれるところだろう。ただ今回の候補作から受賞作を出すとしたら、やはりこれしかないように思えた。

不思議な味わいをなす最大の要因は、小説としての『視点』がずっと高位置でストーリー展開することかもしれない。時代小説の場合、主人公の登場が俯瞰的に描かれるのは常套とはいえ、彼の内面が語られないまま、先に周囲の人物の内面が、これも俯瞰的にだが、やけに綿密に述べられるのは珍しいように思う。そのことに多少の違和感はあっても、たとえば黒澤映画の『用心棒』のような、いわゆるトリックスター的ヒーロー物と解釈すれば、がぜん読みやすくなった。主人公の風貌が文字通り『火男＝ひょっとこ』であるのもまた、作者がトリックスターを十分に意識したものと窺えた。」

松井さんの丁寧な評言も懐かしい。今は亡き山本兼一さんは、いくつか欠点（単行本刊行時にだいぶ書き改められた）を指摘していたが、「作品のなかに物語の萌芽がいくつもある」と、結果的には私の意見に賛同してくれたことを思い出す。

これらに対して作者は受賞の言葉で「四十代半ばになってから物語を書き始めた僕の原点は、思春期の頃に夢中になった落語や講談でした。僕は自分の物語を文字で表現した落語のようなものだと思っています。小説が好きな方には少し異質かもしれません。

その物語が故郷で起きたわずか数時間の奇妙な戦を題材に得て、この一篇に仕上がりました。この物語の魅力は素材そのものにあり、僕はそれを生のままに書き写したに過ぎません。受賞は無上の喜びですが、鎮守様の境内で細々と演じていた講釈師が、有楽町の朝日ホールの舞台に引っ張り出されるような不安と当惑に竦み上がります」と答えている。

自分の書くものを小説とは言わずに、冒頭から〝物語〟と断じているところに、この作者の何よりの特徴があると思われる。そしてこの〝物語〟は言わばフォークロア的なものと言ってよく、しばしばガストン・バシュラールが論じるものであり、この解説の冒頭で記した爺様が火男を介して死から生へのベクトルへと転じる様は、バシュラールの『火の精神分析』において、火は生の本能と死の本能とに深く結びついているとした箇所を踏まえていると言えよう。

　そして、野田安重といった人間のすべての欲望を具現化した城主の下、暗闇の中でくすぶっていた御坂小五郎ら武士や野伏達は、火男によってその心を、陽のあたる場所に導き出されることになる。が同時にそれは、「京と鎌倉とを束にして焚き火に焼《く》べてやろうと思うている」という火男の、先祖以来の怨念の浄化につながっているのだ。

　つまり、火男は救っているようで救われている。これは、男を釣る餌にされながら、火男のことを「雷様」と一途に慕う、童女のような心を持った美姫・伽那と主人公との関係もまた然り。

　こうした人間関係が出来ると、ささやかなユートピアがそこここに出来はじめる。例えば、合戦前、伽那が下女のはる達を連れてきて、兵達のために美味しい食事を作ると、そこにはとたんに笑い声が起こる。そして、合戦後の古河城にも、このユートピアは受け継がれることになる。

　その一方で作者は、火男の敵・鯛玄に「我らの戦は、もはや古いのかもしれぬ。そう遠くない先々の世では、人の姿がなく、炎だけが行き交う戦の時代が来るのではないかと思うた。かの如く焼き払われた大地に、死体だけが積み上げられていく。ひとつの炎で百万の兵が死ぬ。そういう戦になるのではないかと思うてな」「そういう世でも、人は人らしく生きているのだろうか」と言わせ、本書の戦術が持つ残忍性とも併せてあぶり出している点も見逃せない。

さて、人が一巻の小説から何を読み取るかは、その人の自由である。人間の素晴らしさから、恐ろしさまでをつめ込んだ『炎が奔る』が、選考委員という楔が切れた今、一人でも多くの読者の机上に届くことを願って、本稿の結びとしたい。

――文芸評論家

この作品は二〇一三年十二月朝日新聞出版より刊行された『火男』を改題したものです。

幻冬舎文庫

●最新刊
キッド
相場英雄

元自衛隊員の城戸は上海の商社マン・王の護衛のために福岡空港へ。だが王が射殺され、殺人の濡れ衣を着せられる。警察は秘密裏に築いた監視網を駆使し城戸を追う——。傑作警察ミステリー！

●最新刊
ラストラン ランナー4
あさのあつこ

努力型の碧李と天才型の貢。再戦を誓った高校最後の大会に貢は出られなくなる。彼らの勝負を見届けたいマネジャーの久遠はある秘策に出る。陸上に魅せられた青春を描くシリーズ最終巻。

●最新刊
神奈川県警「ヲタク」担当 細川春菜
鳴神響一

江の島署から本部刑事部に異動を命じられた細川春菜。女子高生に見間違えられる童顔美女の彼女を新天地で待っていたのは、一癖も二癖もある同僚たちと、鉄道マニアが被害者の殺人事件だった。

●最新刊
超現代語訳 幕末物語
笑えて泣けてするする頭に入る
房野史典

猛烈なスピードで変化し、混乱を極めた幕末。ヒーロー多すぎ、悲劇続きすぎ、〝想定外〟ありすぎ……な時代を、「圧倒的に面白い」「わかりやすい」と評判の超現代語訳で、ドラマチックに読ませる！

●最新刊
祝福の子供
まさきとしか

母親失格——。虐待を疑われ最愛の娘と離れて暮らす柳宝子。二十年前に死んだ父親の遺体が発見され父の謎を追うが、それが愛する家族の決死の嘘を暴くことに。〝元子供たち〟の感動ミステリ。

炎《ほむら》が奔《はし》る

吉来駿作《きらしゅんさく》

令和3年6月10日　初版発行

発行人――石原正康
編集人――高部真人
発行所――株式会社幻冬舎
〒151-0051東京都渋谷区千駄ヶ谷4-9-7
電話　03(5411)6222(営業)
03(5411)6211(編集)
振替00120-8-767643

印刷・製本―図書印刷株式会社

装丁者――高橋雅之

幻冬舎時代小説文庫

ISBN978-4-344-43097-6　C0193　き-23-3

幻冬舎ホームページアドレス　https://www.gentosha.co.jp/
この本に関するご意見・ご感想をメールでお寄せいただく場合は、
comment@gentosha.co.jpまで。